文化生活叢書・藝文采風

璞玉集：

真理大學台灣文學系學生作品集

錢鴻鈞　主編

目錄

001　錢鴻鈞　總是感恩、永遠感恩

005　劉沛慈　我是「涼」師，他是「毅」友

009　蔡寬義　一棒接過一棒，一棒強過一棒

011　詹明儒　寧做磨玉夫，不當自了漢

015　許献平　鐵肩擔文學，薪火傳百年

第一輯　旅遊文學專題探討 I
　　　　以《鳶山誌：半透明哀愁的旅鎮》第十章〈人生歸零〉、第十九章〈空谷流光〉為例

019　溫思彤　〈人生歸零〉、〈空谷流光〉專題研討

025　王芊懿　〈人生歸零〉及〈空谷流光〉專題研討

027　鄭詠心　〈人生歸零〉、〈空谷流光〉小說專題研討

029　方馨瑤　〈人生歸零〉、〈空谷流光〉之專題研討

033　鄭幸沂　小說專題研討：〈人生歸零〉、〈空谷流光〉

037　游喻琪　〈人生歸零〉、〈空谷流光〉專題

039　黃楹婕　〈人生歸零〉、〈空谷流光〉專題比較研討

041　高嘉鴻　〈人生歸零〉、〈空谷流光〉專題比較研討

045　杜　芸　〈人生歸零〉、〈空谷流光〉小說研討

049　黃馨儀　旅遊文學之〈人生歸零〉、〈空谷流光〉小說
　　　　　　　專題研討

053　高靖哲　〈人生歸零〉、〈空谷流光〉小說專題研討

057　林育暄　三峽踏查記

第二輯　旅遊文學專題探討 II
　　　　以〈流動在三角湧溪的流變歲月〉為例

063　阮陳青河　〈流動在三角湧溪的流變歲月〉閱後有感

067　許文馨　讀詹老師〈流動在三角湧溪的流變歲月〉後
　　　　　　　之心得

069　彭品榕　〈流動在三角湧溪的流變歲月〉閱後小記

071　蔡宜庭　〈流動在三角湧溪的流變歲月〉閱後短記一則

073　吳佩珊　〈流動在三角湧溪的流變歲月〉讀後感思

075　江佩錡　讀〈流動在三角湧溪的流變歲月〉之心得與發想

077　洪芯雅　記〈流動在三角湧溪的流變歲月〉讀後心得

079　吳嘉恩　詹明儒老師散文〈流動在三角湧溪的流變歲月〉讀後心得

081　謝孟哲　讀詹老師散文〈流動在三角湧溪的流變歲月〉心得一則

083　張湘琳　記散文〈流動在三角湧溪的流變歲月〉讀後感

085　小栗實紗　詹明儒老師〈流動在三角湧溪的流變歲月〉讀後心得

089　廖升楷　讀散文〈流動在三角湧溪的流變歲月〉後之抒發

091　黃靖芸　由散文〈流動在三角湧溪的流變歲月〉之所見

093　黃紫熏　詹明儒老師散文〈流動在三角湧溪的流變歲月〉讀後心得

097　呂亦屏　〈流動在三角湧溪的流變歲月〉讀後心得

099　張倉銘　〈流動在三角湧溪的歲月〉讀後感

101　李姮樂　〈流動在三角湧溪的歲月〉讀後紀錄與抒感

103　廖祥哲　〈流動在三角湧溪的歲月〉散文讀後感

105　謝易君　〈流動在三角湧溪的歲月〉讀後思考與發想

107　張睿恩　散文，與記憶裡的三峽

109　商育瑄　詹明儒老師散文〈流動在三角湧溪的歲月〉
　　　　　　讀後心得

111　張馨予　散文〈流動在三角湧溪的歲月〉讀後記錄

113　劉庭蓁　〈流動在三角湧溪的歲月〉讀後感與地方寫作

115　黃子恩　讀〈流動在三角湧溪的歲月〉後心得

117　紀宛君　詹明儒老師〈流動在三角湧溪的歲月〉讀後
　　　　　　心得

119　吳庭宇　〈流動在三角湧溪的歲月〉讀後心得

123　夏滋佑　詹明儒老師散文〈流動在三角湧溪的歲月〉
　　　　　　的讀後心得

127　黃宇瑄　〈流動在三角湧溪的流變歲月〉讀後思考與
　　　　　　感念

129　羅雨妍　〈流動在三角湧溪的流變歲月〉閱讀後有感

131　李玟諭　〈流動在三角湧溪的流變歲月〉閱讀心得

第三輯　旅遊文學專題探討 Ⅲ
以《鳶山誌：半透明哀愁的旅鎮》第十七章
〈奉行使徒〉為例

135　孫詩芸　由〈奉行使徒〉引發的思考

139　石如玉　〈奉行使徒〉讀後感小記

141　劉康義　閱讀詹明儒〈奉行使徒〉小說與序言心得

145　柯宛彤　〈奉行使徒〉與小說寫作

149　林育暄　〈奉行使徒〉：創作與熱情

153　吳翰昇　由小說見歷史

157　溫思彤　閱讀詹明儒〈奉行使徒〉小說與序言心得

161　于湄璇　讀小說〈奉行使徒〉後心得

165　王翔立　記錄一次〈奉行使徒〉小說讀後感

169　王絲嬋　閱讀詹明儒〈奉行使徒〉與序言心得

173　葉亞音　〈奉行使徒〉學習與理解

175　黃怡嘉　小說的歷史與思考

177　張竣皓　〈奉行使徒〉創作與創新

附錄

183　彭子晏　詹明儒小說心得：《番仔挖的故事》

187　陳筱君　讀《番仔挖的故事》

總是感恩、永遠感恩

錢鴻鈞
真理大學台灣文學系主任

　　我的貴人很多，沒有他們就沒有現在的我。如物理博士班畢業、工作轉往台灣文學系、在真理大學能夠生存下來升等、擔任系主任……的過程中，這樣子的貴人，有四、五個之多。我多麼的幸運啊！殘忍的是，他們不是英年早逝，否則就是無緣再歡聚了。

　　我多寂寞了啊！不過還好我還認識了思慎以及詹明儒老師，他們都成為這幾年來，我吐露心聲最多，最為信任我，給我最多安慰與照顧的人。或許從這個意義來講，我還沒有精神病，就是因為他們兩位，所以，也算是我的貴人了。

　　二〇一七年十月在吳晟的牛津文學獎會場上，我幫忙接待組，然後我看到一個不高的中年人躬著身子簽名，我自然地去看他的簽名。詹明儒？那不是二十年前，在一九九〇年代得到百萬台灣文學獎的作家嗎？《文學台灣》上的消息

還歷歷在目。我熱烈地上前歡迎他，也跟隨著一起來的師母阿桃姊問好。

從此就結下了深厚的友誼，到三峽找他玩、爬山、受招待，我也常請他來演講，藉此增加相聚機會。他還介紹許献平，他的最好的朋友讓我認識，許老師愛屋及烏，本人原來就很熱情，也非常照顧我。與詹老師、阿桃夫婦也幾次南下，一起住在許老師家。每次的相聚都是那麼愉快、快活，有吃有喝啊！

我們認識快四年半了，一月初曾一起在台南相聚好幾天，又參觀附近的有應公、鄉村風景、海港海鹽，吃了好多蚵仔更是不在話下。包括阿桃，我們四人講文學，又是吃又是喝，玉米、水果、茶水的，真是度假天堂。然後也一起到了台灣文學資料館參觀，還留下墨寶，鼓勵台文資料館。

說回這本集子，是兩年來，詹老師從三門課，上百篇閱讀他的散文、小說篇章的心得中，細讀挑出來後，又稍加修飾、輔以正確標點符號的作品，可以說都是他編輯出來的。像他這樣子的大作家，時間寶貴，這該花費多少心血啊！

後來我才領悟出來，這就是他常常聽我擔心台文系的招生與未來，所想到的提升台文系聲譽的方法，又讓台灣文學系學生有了發表與提升自信的機會。一開始他還先在 FB

發表，隨後引起了好友許献平老師的贊助，提供經費建議出版。

　　多麼有心、多麼有行動力、多麼有方法，可以說是為了台灣文學系，也可以說都是為了我啊。此外，詹老師還幫我打抱不平，暗示我受到的種種苦難，那些不公的待遇與誤解，實在不該啊。這樣子的公開聲明，為我這樣子的小人物，不怕得罪顯貴、當局者，天下還有第二人嗎？

　　最後，還要感謝萬卷樓張晏瑞老師的協助，以及同意讓作品收錄在這本集的可愛同學們，大家一起共襄盛舉，舉杯互相祝福。願大家勝利成功、平安健康，台文系萬歲！

我是「涼」師，他是「毅」友

劉沛慈
真理大學台灣文學系講師

一〇九學年旅遊文學課期初，主任捎來一個令人驚喜的訊息，系上邀請了百萬文學獎得主來課堂上專題演講，並且還會帶領同學們進行實地踏查的活動，所以希望我能排定時間，將此規劃融入課程進度當中。緣此我便盡速敲確適當的課堂日期，小心翼翼、引領企盼準備迎接這般重量級人物的到來。

正當我還佩服著主任如此人脈廣善之際，距演講半個多月前，主任又傳來詹老師的吩咐。一、講課時，重點會放在專題討論；二、請同學準備如下分享：共相書寫與殊相書寫，各有哪些？伏筆埋設，各在哪裡？以及其他討論。我心中不禁臆測著：哇！這位小說家竟然出了演講前的預習作業，把大學生當作研究生指導，想必是個身懷絕技、嚴謹而肅穆的人。同時也一邊擔心著，演講當天會乖乖出席的學生數本就難以掌握，萬一大家都不配合著寫，或者寫不出像樣的東西到課堂上討論，讓詹老師失望了，那該如何是好？

　　所幸，這一切都是我在杞人憂天罷了！

　　演講前十幾分鐘，總算見到這位令人好奇又景仰的大師級人物，美麗的師母也陪同來到課堂。我內心那股緊張感瞬息消逝，將班上十五篇已預習且寫出想法的作業成果，交到笑容可掬的詹老師手上，一邊用他小說內文中趣味性十足的語句，來引介他出場：究竟那「貓尿酸蛋白」是什麼滋味？我們有請這部大作的「幕後推手」來為大家揭曉。還記得當時詹老師發出爽朗的笑聲，一邊用食指指了我二三下，一面接下麥克風展開演說。首先，他列舉了名家名著，如馬可・波羅、吳承恩、郁永河等人，講解他們書寫的內容和作品的價值；接著談論書寫的類型，如純粹的紀錄、單純的憶趣，以及混合的旅遊用意。除了指導同學們小說撰寫技巧，也分享自己創作經驗，並針對其大作《鳶山誌：半透明哀愁的旅鎮》，講述內容題材的敘寫和章節安排之構思。

　　原以為演講已接近尾聲，後面要讓同學們進行討論，沒想到此時詹老師又費了不少心力做實地踏查前的提醒，將注意事項、攜帶物品，以及即將要去的幾個重要景點都對同學做一番說明。他所擬定的活動行程表，仔細羅列了上車地點、各站別名稱、車程及停留時間、踏查內容簡敘，還在備註欄提供如廁的可能處所；當中不僅以粗體字呈現重要叮嚀，還附上了 GOOGLE MAP 實景相片，讓同學對上車處

一目了然。凡此貼心之舉，皆省去我這個課堂老師，原該付出的力氣和時間。

雖然未在課堂上即時回饋用心預習交功課的同學，然而詹老師已決定要贈送他們，已出版的大作《西螺溪協奏曲》當作獎勵；於踏查前一日，向我再三確認這些學生的姓名，並一一親筆簽書。想必在遊覽車上，收到這份獎品的同學，應該都能感受到他的鼓舞吧？而同學們在回顧心得中，則將這趟踏查之旅的深刻印象，加以表露無遺：攀登鳶嘴岩的震撼、遊覽車卡路的有驚無險、藍染公園的隨性午餐時光、品嚐金牛角（詹老師致贈）的酥香餘味、置身插角國小的怡人秘境、體認畫作及茶葉展的精緻與講究。在三峽所進行的這趟歷史與人文交薈的實地踏查，學生說：「邊聽老師講話，可以收到的知識很不一樣，而且還可以實際看到、摸到歷史上的東西，增加感觸」；也有人說：「全程有快樂、有疲勞，和一點點的意外」；更有人直言：「我想，那日走過的路，我永遠都會存在腦海中」。

旅遊文學這門課，教了好幾載，第一次有戶外教學的機會，在詹老師的導引之下，跟著同學們拜讀小說、走踏三峽，不僅在學識層面上獲得了新知，也於生活哲學中有著不少的體驗，尤其望著走山路仍健步如飛的詹老師，把我們師生一行人狠狠甩在後面的步履，深深讓我醒悟到自己運動能耐的不足，堪以為訓矣。

　　感謝主任讓我認識這麼一位值得親近的長者，也感謝詹老師豐富了我學期間的教學成果。《真理大學璞玉集》的輯印成書，導演是詹老師、主角是同學們，我只是跟著玩耍、跟著吃喝、跟著學習而已，誠然不宜佔據文字版面的，忝以為序矣。

一棒接過一棒，一棒強過一棒

蔡寬義

清華大學台灣文學研究所博士候選人

感謝詹明儒老師在受邀擔任二〇二一年林榮三文學講座講師之餘，另自辦臉書教室，以即將出版的《鳶山誌：半透明哀愁的旅鎮》等作品為教材，分享給真理大學台灣文學系的學弟妹們。他的創作經驗，提供書寫實務訓練，並匯集作品成書，學弟妹們好幸福呀！謝謝詹老師相邀，讓還是學生的寬義寫序沾光，分享喜悅與榮耀。

二〇一四年，真理大學台灣文學系畢業後，寬義有幸來到清華大學台灣文學研究所繼續求學。因執行台灣歷史小說研究計畫文獻回顧之需，寬義適時選讀了陳建忠教授等合著的《臺灣小說史論》；在其「臺灣小說推薦閱讀書目」一九七六至一九九〇年代項下，詹明儒老師的小說《進香》，引起寬義閱讀的興趣。追蹤作者後，立即買來一本詹老師的新作《西螺溪協作曲》細讀，並於二〇一七年真理大學「第二十一屆台灣文學家牛津獎暨吳晟文學學術研討會」中，以〈曲同調異—吳晟《筆記濁水溪》與詹明儒《西螺溪協奏曲》

的比較研究〉為題發表論文，讚譽詹明儒老師的優異文學地景敘事，並邀詹老師大駕光臨研討會。如此文緣，寬義受教於詹老師良多，藉此機會，謹向詹老師致謝。

二○二二年三月初，收到詹老師賜寄的《真理大學璞玉集》初稿暨邀請為序後，立即擠出時間來閱讀學弟妹們的佳作。閱讀中，寬義恍惚被帶回二○一○至二○一四年間，研讀台文系那四年的美好時光。在《真理大學璞玉集》初稿裡，有一位江僑倚同學的閱讀習慣，與寬義頗為近似——會認真查找作者的相關資料。江同學說「在這講求『輕、薄、短、小』的淺碟式閱讀時代，居然敢於寫作，以及自費出版如此洋洋灑灑的大部頭作品（指《西螺溪協作曲》），堪稱勇氣十足，藝高人膽大！也為台灣文學，添一勝景！」。是的，台灣文學的美景確是勝過世界各地的，亟待「天下第一系」的真理大學台灣文學系的同學們，甚至已畢業的系友們，莫忘師長們的教誨與期許，拿起筆來，找回創作初心，突破困境，寫出更多令人賞心悅目的台灣文學作品。

真理大學台灣文學系系友　蔡寬義　謹誌
二○二二年三月十四日於國立清華大學

寧做磨玉夫，不當自了漢

詹明儒
真理大學台灣文學系講座作家

真理大學於一九九七年創立台灣文學系，是台灣第一個，也是全世界第一個教授台灣文學的殿堂。

二〇一七年十月，前輩詩人吳晟獲得該系承辦的第二十一屆「牛津文學獎」，因我的長篇小說《西螺溪協奏曲》與吳晟的《筆記濁水溪》，有地緣對照關聯，承蒙清大台文所蔡寬義碩士生（現為該所博士生），以「曲同調異」為題旨的比較研究寫成論文，提至該屆學術研討會上發表。就這樣，我受邀旁聽，有緣走進真理大學校園，並且結識了接待的錢鴻鈞教授。

大概天生「文學頻率」相同吧？錢教授與我一見如故，其後多次來往，暗中「測試」我的台灣文學「段數」。也大概幸蒙他的「肯定」吧？起先，讓我去文學系，進行兩節演說；之後於二〇二一年三月與十月，邀我前去講授兩場講座。就這樣，我進一步認識文學系，認識時為一至三年級的學生了！

講座裡，我以自己的作品為「範作」，教學創作經驗，並且「現身說法」，帶領學生到三峽古鎮，實地踏查作品場景。想不到，課前同學們已經寫好閱讀報告，踏查後，更有人寫出了旅遊心得。

也大概，我出身國小教師吧？國小教師有個「習性」，那就是看見小朋友的「作文」，就會隨手「訂正」起來。因此我一篇一篇看完，並且「訂正」完這些大學生的「作業」，進而選出優良者，就像貼在教室後面「佈告欄」那樣，貼在我的「臉書」上。

更想不到，這些「作業」竟然承蒙文友欣賞，紛紛給予按「讚」，以及留言「鼓勵」；甚至引來南部文史作家，也是出身國小教師的學者許献平的注意，願意出資助印這些「作業」成書，一來鼓舞系裡同學，一來禮敬系上教授。

台灣作家出書不易，何況文學系的學生。許老師的助印成書，想來也是台灣文學界與教育界，由他首創的第一樁「義舉」吧？

身為講座教師，綜觀這些學生「作業」，我想藉此機會，提出幾點看法。

一、我的「範作」並非「完美」之謂，而是想在《鳶山誌：半透明的旅鎮》的二十五個篇章中，提供四個單篇，當作四塊「磨玉石」，讓同學們磨亮他們的「文才」。這部三

十萬字的長篇小說還未出版成書，大家的稱讚處我會珍惜，質疑處還來得及「訂正」，我會加以參考。

二、同學們的「作業」，優缺點都有，最大的優點是看法「不落窠臼」，見解頗有「世代新意」；最大的缺點是「駕馭文字」能力較差，「文學眼界」較窄。改進之道，仍然是課堂上的那些提醒，多讀、多寫、多想、多歷練、多觀察。

三、「駕馭文字」是作家的基本條件，「文學眼界」可隨年歲而開闊，這個不必急。「不落窠臼」、「世代新意」，這是你們的優勢，為文就不致落入時下一般作家的「老梗」，而「另闢蹊徑」、「另創佳構」，一如台北市的「一〇一大樓」。

話說回來，入讀文學系，畢業後就一定要當作家嗎？

台灣作家並不好當，即便才高八斗、筆下洋洋大觀，沒有相關支援，單單只想出一本書、賣一本，就十分困難，遑論「揚名立萬」。

那麼入讀文學系，所為何來呢？

首先，我的想法是身為一介老作家，應該將學生當成「文才」來琢磨，寄望將來有人傳承台灣文脈，發揮世代精神。其次，面對台灣作家的難為處，我其實更想將大家切磋成一把「文劍」，透過課程內化文學上的「基本素養」，例

如人性洞察、事理思辨、文案書寫、業務報告等等的實務能力，以便「執劍」進入各種系所深造或職場領域時，能比其他科系多出那麼一份「文學底蘊」。

那麼區區兩場講座，就能具備這些實務能力嗎？

當然不能。任何講座，充其量只是補充性質，輔助功能而已；系內課程與校內師長才是大家最主要的學習來源，最重要的學習對象。

此外，整個社會，當然也是一座學習寶庫。以我所知，系上老師，包括錢主任在內，往往都會走出校門，參與各種學習活動，藉以自我充實。還有，連月來閱讀大家的作業報告時，我注意到各年級都有幾個「宅男」、「宅女」，我本身也是個「宅老人」，活到老學到老，有貴系師長走在前面，我們一起加油了！

鐵肩擔文學，薪火傳百年

許献平
台灣文學知名作家

真理大學台灣文學系，是台灣第一個「台灣文學系」，意義崇高而重大——這是我的第一個感動。

有了意義感動，就能引發後續相關感動。系主任錢鴻鈞教授，願意邀請不是當紅的老作家詹明儒，接連擔任兩場講座教師，這是我的第二個感動；詹明儒老師埋頭小說創作之餘，圓滿達成任務，並且撥空批閱學生作業報告，還騰出他的「臉書」給予貼出，這是我的第三個感動。拜讀過學生的作業報告，發現竟然人人用心書寫、篇篇十分精彩，比起我學生時代有過之而無不及，這是我的第四個感動！

說來，我從師專時代就喜愛文學，出道擔任國小老師、高中老師以降，始終熱忱不減，曾經榮獲幾次獎勵，目前已經出版了四十幾本相關著作。回想這段漫長歷程，覺得被「鼓勵」和「肯定」，是其中最大的動力。

「鼓勵」是初涉文學的動力，「肯定」是繼續書寫的動力，我都蒙受這兩種外界助益。外界助益，有的來自前賢，有的來自同道，有的來自鄉親，有的來自社會基金會，在在都無不讓我感謝於心。換句話說，區區之我，也曾經被他們「感動」過，而願意來「鼓勵」我，「肯定」我吧？

國小教育界，有一句不成文的「共同信念」，那就是「鐵肩擔教育，笑臉迎學童」，短短十個字，直到高中教師退休以來，始終深植我心。我沒教過大學，不知道大學教育生態，是否跟國小教育生態相同，但相信面對學生時，大學老師想必是跟小學老師信念相同，不吝全力投入、傾囊相授的。因而，被文學系學生「感動」之外，我也被系上的師長「感動」了！

樂於「肯定」，並助印這本學生作業報告特輯，在真理大學來說，甚至整個台灣社會而言，只是一件微不足道的邊緣小事。而面對「第一個台灣文學系」，忝為台灣作家之一，我堅信貴系師生，一定可以不忘創系初衷，「鐵肩擔文學，薪火傳百年。」

第一輯
旅遊文學專題研討

以《鳶山誌：半透明哀愁的旅鎮》
第十章〈人生歸零〉、第十九章〈空谷流光〉為例
真理大學台灣文學系自辦講座，二〇二一年三月

〈人生歸零〉、〈空谷流光〉 專題研討

温思彤
真理大學台灣文學系學生

一 〈人生歸零〉

（一）詞句方面，各章節有哪些亮點？

在〈人生歸零〉內文中，我看到的詞句亮點如下：

1　但人心非秤，世情無準，這也怨不得那些史家誌士；誰叫你的處身土地，立命處所，總是無法仿效鉛垂器與水平儀，本著天理良知，將自己拉得鉛直，擺得水平。

2　消極的說，打拼也是死，閒散也是死，不如姑且打拼，姑且等死，反正最後都是死；積極的說，快樂也是度日，憂愁也是度日，不妨姑且快樂，姑且度日，反正終究都得度日。

3 某些歷史，我們是可以原諒，但絕不能遺忘。

4 對於荷蘭、西班牙和日本，難道你們沒有特意選擇，記住某些負面的什麼，又刻意遺忘某些正面的什麼嗎？反之，對於明朝、清朝和中國，你們採用了相同標準嗎？我當然尊重你們的選擇，但如果歷史可以從來，你們還是寧願選擇通往台灣目前局面的老路嗎？

（二）情節方面，各在何處埋設伏筆？

〈人生歸零〉全篇有六處伏筆。第一處是作者利用滑鼠開啟小說的序章，象徵如今網際發達，想在全世界旅遊已經不再是件難事，而可以隨心所欲，穿越任何多重時空；第二處描寫露天網咖對面掛著「太極八卦圖」，製造懸疑氛圍，讓後面的文章自然透露出一股弔詭謎團，且在文章最後又回到太極八卦圖，前後呼應，輾轉一圈，最後又回到鐵口先仔的攤販前。

文章裡，書寫陀螺先仔緩衝了電腦與烏龜，無線網路與有形法罐之間，像是在透露著有什麼事情，有什麼命運將會發生一樣，這是第三處伏筆；作者利用「狗屎的臭味」代表時局變動不已，人心焦慮難安，藉以開啟年輕遊客與鐵口先仔的對話，此為第四處伏筆。

是的，如果歷史可以重來，誰不想重新開創出一輪
更美好的朝代因果，連動成一串更圓滿的生命系列？

作者這句話帶給讀者吊詭的思考，埋下了許多讀者從沒想過的問題，這是第五處伏筆；文章中寫到「到頭來最有可能的，應該就是歷盡世代交替，遍嘗史河翻盪之苦的你自己」。而在這之前，作者舉了許多人當假設，最後對象卻是意想不到的「你自己」，令人感到意外，這是最後一個伏筆。

（三）其他討論

〈人生歸零〉這篇文章讓我明白，人生無法如同遊戲般，隨時喊暫停；無法永遠停在最快樂的那一刻。即使對歷史，對出身不滿意，也無法讓命運重走一遭。

作者利用算命、遊戲、網際網路連接成另一個多重世界，讓讀者在裡頭親身體會、用心感受，這是一種非常新穎的創作實驗，值得參考。

二 〈空谷流光〉

（一）詞句方面，各章節有哪些亮點？

蟻仔，也會流目屎——
因為，牠吸過母親的血
血內，流有母親的思念

蠓仔，也會流目屎──

因為，牠吸過母親的血

血內，流有母親的憂愁

蠓仔，也會流目屎──

因為，牠吸過母親的血

血內，流有母親的悲哀

上面這首詩，詞句雖然大致重複，卻表達出一個母親的心情，我覺得是這篇文章最重要的地方，可以說就是作者的「靈魂」了。

（二）情節方面，各在何處埋設伏筆？

情節裡有兩個伏筆，第一個是以「下一場戲，下一個分鏡」當開頭，彷彿在拍戲；又說「或是，下一個旅站，下一處景點」，如同正在旅遊當中，有時空移動之感。

第二個是：

前往憑弔大豹社古戰場前，為免耄耋之齡的老嫗淚淹大豹溪，強制加保了一筆防範「山洪暴發」險。

此句暗示了日本老母親的哀傷，以及這段日子的苦痛之多，竟然有可能引發山洪暴發。作者使用「誇示筆法」，間接預告當年這場戰役的悲壯，替下個情節預埋伏筆。

三　兩篇文章的比較

（一）有哪些共相書寫

　　兩篇文章皆以歷史貫串整篇文章，彷彿從民國年代回到日治時期一樣。另外二者皆是以同樣的人事物，穿梭不同的時空，演繹不同的故事，歸結為相同的命運。

（二）有哪些殊相書寫

　　〈人生歸零〉是以「滑鼠」為開頭，利用網際網路帶領讀者，進入歷史空間；〈空谷流光〉卻以拍戲為起點，利用不同方式展開故事情節，給讀者帶來了不同的感動。

　　〈人生歸零〉利用最新遊戲科技 VR 以及算命師串起回憶，讓大家體會不同時空的感受，同時藉由鐵口先仔的卜語，讓大家思考「立身處世」之道；〈空谷流光〉卻以音樂劇、紀錄片等，透過戲劇背景串連大家的片斷記憶，思考台灣人的「歷史命運」。

（三）其他討論

　　兩篇文章，雖然都是利用歷史貫穿故事，但前者似乎在說，不管歷史多麼沉重，多麼讓人想遺忘，仍無法像遊戲、演戲那樣，隨時可喊停，不滿意就重演，因為那些悲慘往事，都已經深深刻印在每個人的記憶裡了。

　　另外，〈空谷流光〉讓人覺得歷史不再是古人的「歷史」，而是自己設身處地的「經歷」，所幸不論多麼難熬都已經過去了。但每當經過相同場景，聽到一樣的話，難免都是還會想起它，就像媽媽的對待兒女，不論經過幾個世代，母愛都是千古不變的，而那種永恆之愛，並不會隨母親離去而消逝，仍會留在文學作品裡。

〈人生歸零〉及〈空谷流光〉專題研討

王芊懿
真理大學台灣文學系學生

一　有哪些共相書寫

〈人生歸零〉與〈空谷流光〉皆有講述台灣的歷史

二　有哪些殊相書寫

〈人生歸零〉用現代人物玩 VR 來講述歷史，〈空谷流光〉以對話來穿梭時空。

三　各章節有哪些亮點

〈人生歸零〉想像力豐富，使用各種現代名詞與自創詞，顯現出老師層出不窮的詞彙量，也讓人讀起來特別新

奇；〈空谷流光〉採敘事手法，如同演繹戲劇一般，讓人彷彿在閱覽一部古今穿插的歷史小說。

四　情節方面，各在何處埋設伏筆

看似普通的角色，卻擁有隱微而深遠的預設。

五　其他討論

寫法有些難懂，一段要看好幾次才能比較瞭解，顯示出我的文學素養還需進步。

〈人生歸零〉、〈空谷流光〉 小說專題研討

鄭詠心
真理大學台灣文學系學生

一　有哪些共相書寫

內容中的直述、一般陳述、敘述句，屬於共相書寫。

第十九章〈空谷流光〉，較多共相書寫。

二　有哪些殊相書寫

特殊的個別性書寫，特別陳述某人、某事、某物，屬於殊相書寫的模式。〈人生歸零〉有較多殊相書寫。

三　各章節有哪些亮點？

〈空谷流光〉，說明歷史真相，前人往事。而〈人生歸零〉一篇使用較為現代的手法，描述旅行過程。

四　情節方面，各在何處埋設伏筆？

〈空谷流光〉，說明一些歷史事蹟，然而我真的不太會抓伏筆。〈人生歸零〉，我們想要無憂無慮、生活順遂，那是不可能的。不要做出讓自己後悔的決定，過去就當作回憶，目前就是努力活在當下。

五　其他討論

個人蠻喜歡第十章〈人生歸零〉，覺得手法特別，有很多對人生的想法，理性、感性兼具，十分有感。

〈人生歸零〉、〈空谷流光〉之專題研討

方馨瑤
真理大學台灣文學系學生

一　有哪些共相書寫

第十章〈人生歸零〉及第十九章〈空谷流光〉，結合兩章來看，其「共相書寫」的部分，可從內容去做切入，分述如下：

（一）書寫的核心內容

不管是第十章以新科技為概念出發，還是第十九章從人與人的談話切入，用意皆在引導讀者，使其閱讀時能如親臨三峽境內旅遊，配合作者行文方式介紹、了解景點，而這也是作為旅遊文學的根基。

（二）書寫景點的歷史

不管是第十章介紹三角湧兩次抗日會戰，或是第十九章解說大豹社事件及一名大豹社遺族的歷史故事，從中都可見作者除了介紹與敘述三峽景物，還演繹了庶民親情與朝代情仇，使讀者對三峽古鎮更加了解與感傷。

（三）傳遞作者的思想與情感

在〈人生歸零〉中「某些歷史，我們是可以原諒，但絕不能遺忘」一句，與〈空谷流光〉中對某導演以「臭老導演」稱呼，即可知作者皆在字裡行間，流露出他對歷史的情感，以及對歷史、生命與旅行的思維跟想法。

二　有哪些殊相書寫

結合兩章小說內容，殊相之處可歸納為以下兩點：

（一）對歷史的敘述方式

雖然兩章都有提及地方歷史，但在寫作手法卻是截然不同。第十章採用人物對話的敘述方式；第十九章則是以回憶的直敘方式，交代出歷史背景。

（二）

而前者因有不同立場，不同身分的人物相互穿插，除了增添文章意趣、角色生動，同時也能讓讀者分從不同立

場，加以切入感受；後者則是能更快速、更清楚的明瞭事件的經過，釐清時空的背景。

三　切入的觀點為何

承上題所述，兩篇文章的切入方式不同，這也是作者對不同篇章、主題採用的相異詮釋。

第十章由「端遊」（雲端旅遊）切入，甚至有部分篇幅都在介紹這款「端遊」，藉著「端遊」探討、去回顧，以遊戲的方式，將歷史再次呈現。

第十九章則是以「戲劇」作為基底，將本是旅遊文學的文章融合歷史觀點敘述，還加入時事、風物，將對目前藝術界與文學界的感慨寫出來。

四　各章節有哪些亮點

我認為第十章有以下兩亮點。一是「隆恩河殉難，所引發的歷史仇恨」。當他們進入追悼祭現場，發現追悼對象是當年隆恩河殉難的日本戰士，在眾人閒談下，導覽的陳老師提及三角湧兩次會戰和後續三次燒剿抗戰，由此引發歷史仇恨，而在此當中，每個人的反應自然是值得一觀。二是以「端遊」為概念的旅行。這個篇節皆是以「端遊」為思維，依某個歷史「時間段」進行地理「空間段」的旅遊。這種新

穎的寫作手法，不但突破時空限制，也增加了意外的、跳躍式的穿梭旅遊的趣味性。

至於第十九章，我認為是「大豹社事件的背景、後續結果及影響」與「小暗坑翁氏父子的懸首示眾」。前者對於大豹社之役衝突來源交代十分詳細，從清代到日治再到民國，字字記載事件背後的利益薰心。此外，大豹社族人，從對日抗戰到投降的點滴血淚，甚至到民國初期陳情恢復大豹社故址，爭取泰雅族權益，連連遭到拒絕與受刑的待遇，無不令人憤慨沉痛。這些故事，作者用淺顯的文字，細細述說，值得一看。後者令人感到悲痛卻溫馨，講述滿清割棄台灣、澎湖時期，三峽人反抗日本統治的故事。作者娓娓述說三名伐樟夫為維護翁氏父子被日軍砍頭的「全屍」，而偷偷計畫「偷顱」的故事。其過程十分驚險，背後故事值得一覽。

五　情節方面，各在何處埋設伏筆

第十章裡，胡大仙的「露天網咖」，以及對面掛著太極八卦圖的「相命攤子」，或許就是帶入後面「太初」和「混沌」兩處「生命歸零」磁場的伏筆；第十九章中，一行人在「火燒大厝間」廢墟前分手，則埋下了後面翁氏父子，翁景新、翁國材的抗日故事。

小說專題研討：
〈人生歸零〉、〈空谷流光〉

鄭幸沂
真理大學台灣文學系學生

一　〈人生歸零〉中的共相書寫

1　電子茶品，包括「茶」與「咖啡」，不管是產自台灣本土，或遠從世界進口，都統而冠上「電子」和「茶品」標籤。

2　露天網咖在每台電腦前，擺置了一句象徵時空流閃的「電子沙漏」。

3　此沙漏一經啟動，便不斷上下消長，正反剝復，用意跟「太極八卦」的綿延演繹，大異其趣而殊途同歸，目的同樣是在呈現某些人間現象的運行感與無限性。

二 〈人生歸零〉中的殊相書寫

因為青壯階段身心過勞，加上飲食問題導致腸胃癌化的胡大仙，頂著化療光頭指了指滿嘴長鬚，總是垂眉閉目陷入冥思狀態，正好跟那隻「卜命靈龜」動靜互襯，形成一圈「人龜相依為命」反差對比。

三 〈人生歸零〉章節亮點

不必龐大花費，免帶沉重行囊，只需擁有一套簡單雲端概念與一股旺盛遊興，世人上窮碧落下黃泉的千古深度遨遊，將不再是紙上談兵。

四 〈人生歸零〉伏筆埋設

1 在釘滿主路徑的路標上，點選想去的目的地標籤，更多路徑便會出現。接著再點選想去的次路徑標籤，鼓起勇氣一跨而入，從此你即可踏上隨心所欲的「穿越時空」之旅。

2 下一場戲，下一個分鏡，或是下一個旅站，下一處景點。

3 那麼下一站，我這個很想略盡地主情誼的三峽老人，
還有其他補救的景點嗎？

〈人生歸零〉、〈空谷流光〉專題

游喻琪
真理大學台灣文學系學生

一　有哪些共相書寫

兩篇文章都有描述到相同的歷史古蹟：表忠碑。

二　有哪些殊相書寫

第一篇中，表忠碑是陳老師、林主任和櫻井先生透過 VR 遊鏡所看見的；在第二篇是藉由三峽老輩講古得知。兩篇文章有著相同的人物，卻從不同視角切入，第一篇中人物們透過 VR 遊鏡進入網頁，穿越時空；第二篇中人物們卻變成實際在拍戲的劇中人。

三　各章節有哪些亮點？

文章讓人有從網頁中穿梭時空，進入到各個歷史場景的感覺，所有的人、景物和事件都像是發生在眼前。

四　情節方面，各在何處埋設伏筆

　　第一篇文的尾聲，提到像是浮水印的透明空間裡，有一人影，究竟是誰？第二篇尾聲再度提到，一干空谷流光的浮水印地名，還有陳老師透過記憶自問自答，回應出那人是誰——伏筆於是埋設完成了。

〈人生歸零〉、〈空谷流光〉專題比較研討

黃楹婕

真理大學台灣文學系學生

一　有哪些共相書寫

〈人生歸零〉及〈空谷流光〉皆將台語直接寫出，無作更改，也一樣用特定的名詞，代指一個形容詞或名詞。

二　有哪些殊相書寫

一、〈人生歸零〉前言貫穿全章。

二、不直接描述地點的特色，而是先介紹周遭景物及其含意，再講述該地的人物和故事，故事情節和景物涵義可以相融。

三、先說出綠色、藍色、白色、黑色精靈，才解釋甚麼是精靈。

四、將網頁和網址，運用為巨大穿越時空的介面和路徑。

五、將「貓尿酸蛋白」說是電子茶品，代指旅客的「好奇心」。

六、將勞碌的「世人」比喻成不停旋轉的「陀螺」。

三　各章節有哪些亮點

　　〈人生歸零〉開頭先描述景物，再進入 VR 時空，寫出表忠碑的史蹟，帶出人與人的對話，以此引出故事；〈空谷流光〉並無鋪墊，一開始就直接說故事。

四　情節方面，各在何處埋設伏筆

一、〈人生歸零〉前言，「滿串玻璃清音，仍然兀自繼續滾響／現代傳聞，終將被滾盪成近代傳說／近代傳說，終將被滾遠為前代神話」，疑似是在埋設伏筆。還有十四段「直鑽人性深處的好奇心」、「聳呀聳著長頸子的卜命烏龜般」、一再承受抽打的陀螺」、「成為橋上傳說」，也是埋設伏筆的懸疑比喻。

二、本章開頭提過的「旅狐網遊」都沒有說明目的與意義，直到「是的，如果史道可以重轉」後，才逐漸帶出重走一次人生的系列情節。

〈人生歸零〉、〈空谷流光〉專題比較研討

高嘉鴻
真理大學台灣文學系學生

一 〈人生歸零〉的共相書寫

比開水濃，比酒精淡，比汽水雅。

作者認為這就是一般正常的人生吧？

喔，不好意思，不好意思。我在你那杯青心烏龍裡，放進了太多貓尿酸蛋白，所以讓你好奇心過度旺盛，使命感過度沉重，核心價值不勝負荷了。

作者認為這就是台灣歷史小說的共同現象吧？

二 〈空谷流光〉的殊相書寫：

喔，喔。那麼這就是一個女人，尤其是一位老女人，永遠不變的生命觀點嗎？

喔，喔。那麼這就是一個母親，尤其是一位老母親，永世不移的歷史態度吧？

我認為這兩句話，對以前的台灣女人和台灣母親來說，也許是一種「共相」，但現在不一樣了，應當作一種「殊相」。

三　各章節有哪些亮點

〈人生歸零〉裡，網咖對於附贈飲料的描寫和解釋，以及兩篇之中皆有，能讓我理解卻新想到的詞彙及其相關延伸的情節，不勝枚舉，琳琅滿目。

四　情節方面，各在何處埋設伏筆

兩篇之中，可說伏筆處處，有的一個轉角就接上，有的不知潛伏到哪裡。

五　其他討論

（一）

哈，信不信由你！我這網咖的天際網路四通八達，串聯天地各界，你記憶體有多大，它網域就有多大。

> 我開發的這套網遊軟體，結合易經演繹理論和陀螺
> 旋轉係數，你思維有多迅速，心緒有多複雜，它層面
> 就有多高遠，層次就有多深重啦！

胡大仙按住被襯托為首頁背景的那團巨大「黑洞」漩
渦，拖曳出一幅螺旋狀深藍雲海的次層頁面，嘴角噴沫說：
「簡單的說，就是境隨意轉、象由心生，你的想像力有多神
奇，它的對應力就有多魔幻啦！」

〈人生歸零〉這篇，我只是大概瀏覽一下，以目前詳看
的部分來說，這段話與其前後文最讓我有驚喜感。如果想像
力有這麼好，那文學一定更可愛！

（二）

> 平心而論，一部部中外史籍，一冊冊鄉縣方誌，大致
> 都是一只只格式不同，原色殘缺的偏頗陀螺。但人
> 心非秤，世情無準，這也怨不得那些史家誌士；誰叫
> 你的處身土地，立命處所，總是無法仿效鉛垂器與
> 水平儀，本著天理良知，將自己拉得鉛直，擺得水
> 平。

〈人生歸零〉裡的另外段句話使我不禁在想，人類為
什麼需要變成如儀器般準確呢？人心無法拉得鉛直，擺得
水平，這不正是人類這種生物的奇妙之處嗎？當我們想要
自己變成機器，變成他人眼中的公正時，那只是成為另一個

主觀憑據而已吧？就這樣，日復日、年復年，人生和歷史不是很單調嗎？

（三）

〈空谷流光〉裡，有一首〈蠓仔的目屎〉（詹老師按：此詩改編自前輩詩人錦連原著的〈蚊子淚〉，詩詞演唱家趙天福譯吟的〈蠓仔兮目屎〉）：

> 蠓仔，也會流目屎——
> 因為，牠吸過母親的血
> 血內，留有母親的思念
> 蠓仔，也會流目屎——
> 因為，牠吸過母親的血
> 血內，留有母親的憂愁
> 蠓仔，也會流目屎——
> 因為，牠吸過母親的血
> 血內，留有母親的悲哀

對的，這就是「人性」之一，我們生而為人，都具有炫耀的、噁心的、慈愛的、殘忍的七情六慾。所謂一樣米養百樣人，所有的一切都是人性，人類無法捨棄人性，因為人類需要人性才可以進化、對照並朝向理想前行，若人沒有人性，那就只是機器而已。

〈人生歸零〉、〈空谷流光〉
小説研討

杜　芸
真理大學台灣文學系學生

一　〈空谷流光〉中的共相書寫

（一）

> 看來，一段悠悠三百年的時空碰撞，三場漫漫十世
> 的朝代傾軋，人事餘震尚在。區區小我，備嘗多層記
> 憶存取衝突，多重角色扮演錯亂，身心靈已經呈現
> 出相互撕裂的窘況。

我覺得以父祖輩而言，確實存在著這種共同現象，不但政黨
意識如此，某些文學內容也是如此。

（二）

> 還有，文中這首詩：

> 蠓仔，也會流目屎——
>
> 因為，牠吸過母親的血
>
> 血內，留有母親的思念
>
> 蠓仔，也會流目屎——
>
> 因為，牠吸過母親的血
>
> 血內，留有母親的憂愁
>
> 蠓仔，也會流目屎——
>
> 因為，牠吸過母親的血
>
> 血內，留有母親的悲哀

我相信不只是台灣，幾乎全世界的母親都被蠓仔（蚊子）吸過血。當然，作者比喻的，應該是歷史的血腥，而不是蠓仔吸血。這不僅是母親們共同的憂愁和悲哀，也是兒女們共同的不捨和掛念吧？

二 〈人生歸零〉中的殊相書寫

作者寫著「政在碑在，政亡碑亡，我可以諒解，這是理所當然的歷史通則」，又寫著「表忠碑併同附近山坡整合為三峽公園，隨時提供本地皇民瞻仰。二戰後，三峽公園於民國五十年代改名中山公園，改立鄭成功紀念塔和孫中山銅像；而原來的表忠碑自此不知去向，疑似已經被主事者敲毀，墊做公園步道的地基石」。

我覺得在「歷史通則」之外，三峽人竟然敲毀日治時期的表忠碑，墊做公園步道的地基石。這在世界各國來說，應該是一種特殊現象吧？

三　章節亮點

（一）〈生命歸零〉

1　「順其自然」，就是要你能「隨波逐流」，不當「中流砥柱」；「時來運轉」，就是要你能「耐心等待」，不做「末路狂花」。

2　初始之前，道神同在；道在神裡，神在道中，形式相仿，本質相同，是為「太初」；其後萬物肇創，善惡兩分，善靈歸上帝，惡靈歸撒旦，生命始焉。元氣未分，天地渺亂；萬象同體，不可割分，萬物無端，莫見其根，是為「混沌」；其後元氣既分，陰陽剖判，清者為光明，濁者為黑暗，天地始焉。

3　「旅狐」網際遊覽公司，就是您前生唯一的最佳選擇／「狐仙」網站俱樂版主，敬邀您今世無二的終極加入。然後，您生命就能在不見恩怨情仇，毫無痛苦之下，完成歸零／您旅程即可在處處抬頭見喜，心想事成當中，次第展開。

〈生命歸零〉中：假設台灣的「政黨輪替」可以反溯，中國的「國共內戰」可以追悔，清、日的「馬關條約」可以重訂。台灣必將不是目前的台灣吧？

（二）〈空谷流光〉

「實景虛境」就是「以景造境」的片面追想，導遊人員只須依景點現況進行點狀講述，現況之外的其他故事情感與人事演繹，旅者必須自行加以揣摩與串湊。

〈空谷流光〉中：前述，那首「蠓仔詩」。（詹老師按：此詩改編自前輩詩人錦連原著的〈蚊子淚〉，詩詞演唱家趙天福譯吟的〈蠓仔ㄍㄧ目屎〉）

旅遊文學之〈人生歸零〉、〈空谷流光〉小説專題研討

黃馨儀

真理大學台灣文學系學生

一　有哪些共相書寫

一、以虛擬的電腦網絡旅程，穿插實際的旅行路線。

二、中國、日本與台灣的歷史糾葛。

三、三角湧（三峽）的前世今生。

四、櫻井桑、林主任與陳老師的對話。

五、透過走訪過去，體悟生命的價值。

二　有哪些殊相書寫

一、〈生命歸零〉的靈魂角色「胡大仙」與他的露天網咖，虛實交錯間，讓人分不清文中的生命體驗，是發生在多重虛擬網路或現實世界。

　　二、〈空谷流光〉後段才出現對話的櫻井夫人，在故事轉折處悠悠說出女性的不同觀點，使旅程擴增了發人深省的第二層空間。

三　各章節有哪些亮點

（一）〈生命歸零〉

　　一、回歸「太初」、「混沌」中，讓身世歸零。

　　二、關於歷史與生命

　　　　到頭來最有可能的，應該就是歷盡世代交替，遍嚐史河翻盪之苦的你自己。

（二）〈空谷流光〉

　　一、聚焦在「外插角古戰場」、「大豹社戰役」與「火燒大厝間」的歷史回顧。

　　二、走過歷史，日本人須要沉澱戲前的心境狀態，台灣人更須要澄清戲後的生命價值。

四　情節方面，各在何處埋設伏筆

　　〈生命歸零〉從描述長福橋上的攤販（露天網咖、相命攤子、童玩攤子），到年輕遊客體驗網咖的 VR 遊鏡，再到

遊客與胡大仙的對話，緩緩帶出故事的主軸——櫻井桑與林主任、陳老師三人，據以依序展開往後的旅程；〈空谷流光〉則從一位導演拍片的暫歇，連結至櫻井桑的數日休息，帶入日治前期三峽人的反抗戰役，及其後代子孫，緬懷先人的歷史省思。

五　其他討論

我覺得僅是書寫三峽的長福橋、大豹溪與鳶山古道等處，就能鋪陳出如此豐富、深遠的內容，令人不禁讚嘆詹老師的想像力與創造力。除此之外，兩篇小說都揉合了風物、史蹟、人情世故並加以描寫，讓讀過的人會想進一步了解古鎮三峽的前生今世，而增益歷史故事的可讀性，彰顯歷史小說的重要性。

〈人生歸零〉、〈空谷流光〉小說專題研討

高靖哲

真理大學台灣文學系學生

一 〈人生歸零〉的殊相書寫

（一）

> 這是預防萬一的安全措施，一趟悲喜交加的穿越時空之旅，你當然最好能夠自己遵守旅遊守則，平安往返。否則，電子符咒一經催動，即便最後你還是可以全身而退，但險象頻起的穿梭過程，卻也難免不讓沿途鬼神折騰得心神俱喪，遊興盡失

　　一般來說，旅遊都是愉快而輕鬆的，小說中作者如此預告這段旅程，營造沉重氛圍，十分特殊。

（二）

這露天咖攤，主要賣點當然就是他（胡大仙）所開發的旅狐網遊光碟，搭配以一種屬入淡淡「貓尿酸蛋白」的電子茶品

這種「電子茶品」，似乎不是一般正常飲料，有點特別。

（三）

相對於相命攤子的「太極八卦圖」，露天網咖則是在每台電腦前，擺置了一具象徵時光流閃的「電子沙漏」。此沙漏一經啟動，便會不斷上下消長，正反剝復，用意跟太極八卦的綿延演繹，大異其趣而殊途同歸。

我覺得這兩種演繹「時間」與「空間」的道具，象徵雖然世人「命運」最後殊途同歸，但「途徑」是各自不同的。

（四）

只要是人，總會偏愛某段身世，或排斥某些色譜；這是世態常象，更是積見難改的朝代印象。將天地七色，依序等量塗在同一平面，加以旋轉，如果轉速夠快就會呈顯一片白色，照見七彩終極整合的希望明光；反之，就會產生原色殘缺，引發視覺偏頗。

我覺得我們一生最終的理想是追求光明面的「人性」，但每人出身不同、價值觀各異，這段追尋過程的「天地七色」，便是我們各別的「殊相」了。

二 〈人生歸零〉的章節亮點：

（一）

> 兩者不管是產自台灣本土，或遠從世界各國進口，都統而冠上「電子」和「茶品」標籤；這是取意於前者「點之則來，刪之則去」的即興效果，以及後者「比開水濃，此酒精淡，比汽水雅」的偷閒概念。

我認為小說裡作者形容胡大仙提供的電子飲料的方式十分貼切而有創意。

（二）

> 別在意他的話，他只是一尊基層小神，許多世事不是他說了算。還有，身世是可以一再胡編，血統是可以一再瞎掰的。此事文史工作者，人人皆知，只有你還蒙在鼓裡嗎？

地公是基層神明，但祂卻不能見證三峽人（或是台灣人）胡編出來的「身世」、瞎掰出來的血統。作者這種看法，別有含意，值得玩味！

（三）

> 是的，如果歷史可以重來／誰不想重新開創出一輪
> 更美好的朝代因果，連動成一串更圓滿的生命系
> 列？，假設台灣的「政黨輪替」可以反溯，中國的
> 「國共內戰」可以追悔，清、日的「馬關條約」可以
> 重訂。台灣必將不是目前的台灣嗎？

親近或仇恨中國，仇恨或親近日本，是造成台灣撕裂
的原因之一。歷史可以重來嗎？鐵定是不可能的。我想作者
這樣的問法，是要我們鑑往知來吧？

（四）

> 人生如飄萍極盡漂泊，命運如彎流極盡轉折，鐵口
> 先仔說的也是。前句「順其自然」，當然就是要你能
> 「隨波逐流」，不當「中流砥柱」；後句「時來運
> 轉」，當然就是要你能「耐心等待」，不做「末路狂
> 花」。

作者這樣的見解單純以生命而言，讓我眼睛一亮。不
過，排除歷史因素、抽除反抗意識，這也是一種人生選擇嗎？

三峽踏查記

林育暄
真理大學台灣文學系學生

在出發前我已將行程快速瀏覽過，卻是直到抵達目的地，才知道要爬鳶山，而且是要攻頂。這一路對許久未爬山的我而言，可說是非常坎坷，加之烈日當頭，沒多久就滿頭大汗，但很幸運的是，可以一邊聽著詹老師導覽，一邊觀覽鳶山的三亭攬勝、銅鐘、紀念碑、清風洞。清風洞尤其讓我印象深刻，聽說是古早平埔族潛越大漢溪通往鶯歌的密道，那黑幽幽的洞口，真想鑽進去冒險一番。

雖然鳶山海拔不高，但爬上山頂時，山下美景都盡收眼底、一覽無遺，看了心情很舒暢，還有成就感。

上下山時，因為高低差與重量的問題，導致遊覽車的車牌貼在柏油路面，發出「卡──卡──卡」的刮刨聲。司機一定很心疼，但卻意外而有驚無險地，為我們這次旅遊帶來了別樣的體驗。

　　接下來是逛三峽老街，參觀祖師廟。因為親戚曾住在三峽的原因，我對三峽並不陌生，尤其是老街與牛角麵包，不過時隔多年，再度踏上這座山城時，感覺又不一樣了，好像多了一些彩繪牆，店家也換了幾間。

　　其後前往插角大板根風景區，欣賞運用水晶作畫的畫展，第一次看到這種作畫方式，我覺得很新鮮。參觀製茶展覽時，室內走廊上還擺了一顆暴龍的頭骨模型，這是我最喜歡的東西，因為它有著未知而氣勢非凡之美。

　　走出風景區溫泉會館後，詹老師帶我們穿越一條竹林祕徑，那是一個四周充滿各種植物的小路。走到一半時詹老師突然離開隊伍，跑向一棵柑橘類植物，介紹說：「你們看，這就是虎頭柑！」原來詹老師特地跑過去，是為了讓我們認識被樹葉擋住的虎頭柑——這是我第一次看到虎頭柑，還是長在樹上的樣子。

　　穿過小徑，來到隱身在森林裡的插角國小，詹老師說曾經在這裡服務十多年。

　　這間小學很有特色，三層階梯式的校園、貫穿中央的溜索，以及遠眺可見的雙乳峰等等，其中最吸引我的是溜索，當下很羨慕插角的小朋友，也很想體驗看看，可惜並未開放。

詹老師與我們分享了許多在這邊發生的經歷，我覺得很有趣的是，插角國小舉辦運動會時，來的遊客竟還比學生還多，原來是大家都很想一睹插角國小，怎麼舉辦運動會。

返程回淡水，我們一邊品嚐詹老師贈送的牛角麵包，一邊感謝他的熱心導覽。當然，也感謝沛慈老師和錢主任用心辦理這次踏查活動，為我們增添了一個美好的回憶。

第二輯
旅遊文學專題研討

以〈流動在三角湧溪的流變歲月〉為例
真理大學台灣文學系林榮三文學講座，
二〇二一年十月

閱詹老師〈流動在三角湧溪的流變歲月〉後有感

阮陳青河
真理大學台灣文學系學生

　　新北市三峽鎮為三峽溪、大漢溪與橫溪匯流之地，舊稱「三角湧」。三角湧早期主要產業為一般農耕，然而乾隆五十七年（1792）清廷開放八里坌港，三角湧隨之轉型為河港城鎮，北部商業活動開始興起。晚清時期三角湧因樟腦、染布和茶而繁榮；日據時代日本人在此開採煤礦與木材，成為三峽的新興工業。現則為新北市著名觀光景點。

　　我從來沒有去過三峽，但是讀了詹明儒於二〇〇五年六月四日，發表在中國時報「人間副刊」的〈流動在三角湧溪的流變歲月〉一文後，我很想親臨三峽。詹明儒創作文類以小說為主，只需稍加注意便可立即發現他文章的主題充滿農村鄉土風情，熱愛土地及尊重土地上的各種人物，善於描繪人物內心深處的所感所想，巧妙地混合了不同的元素與方面，向讀者介紹「三峽河」變化的過程以及周圍人們的

生活和對這條河的感情。對我來說，這部散文作品非常精彩，想了解新台北歷史的你一定不要錯過這篇文章。

這條河與這裡幾代人的生活息息相關，溪流並非一成不變，物換星移之中，人們也在此建立了與河共存的生活方式，作者對「三峽河」的感情是複雜的，愛恨交織，既理解又不理解。文中我印象最深的，是民國九十年九月秋颱「納莉」重創北台灣，河堤崩覺隨時可能發生，面對這樣的危險，在地人還保持樂觀精神，完全信任這條河與這道河堤不會發生任何事情。男人們也很自信地說到「溪水越湍急，溪面越高漲，那就越容易捕到魚」，他們顯然已與這條河建立了長久共處的生活韻律。

「三峽河」跟當地不同世代的人一起長大，一起變老。這條流河影響著當地人的生活，反之亦然，當地人的生活方式也影響著這條河，人們給它帶來了很多新的色彩和風味。無論是移居於此的外地人還是本地人，「三峽河」都會陪著你，一起走過快樂和悲傷的歲月。

詹明儒除了運用很多成語，他的描述風格也非常詳細非常精彩。例如，作者親眼所見兩個人在河裡捕魚的場景，敘述得活靈活現，通過每一個字我都可以想像那個場景。他的筆調又溫柔又有力，對讀者很有吸引力，是直得我學習的優點。

在我的家鄉越南也有一條很特別的河，今人常稱為「沱江」，越南語意思為黑水河。沱江是越南西北部的一條河流，上游位於中國境內。「沱江」也跟「三峽河」一樣，有兩種性格，沱江不僅是河流，更是活躍的生命，有性格跟情緒，不但有攻擊性，還非常狡猾、有心機。有時沱江又會變得溫柔，此時它是一條溫情而平靜的河，作者阮遵用所有微妙的情感，熱情和愛熱情描述沱江，人們對河流的仰慕、敬仰和驕傲，造就了難得的美麗篇章；作者通過沱江的雄偉，讚美了西北人在面對浩瀚大自然的危險時的才華，同時也表達了對祖國和人民的自豪與熱愛。

其實，我一直認為人與河流是息息相關的，人的生命就像河一樣——江河千里流淌，江河處處生機喜樂。河流為植物提供淤泥，魚蝦生長於河水中，最重要的是，河流總是流向大海。我們人類也是一樣，每天都努力生活著，為了盡可能完成自己設定的目標；而江水不歇，千古流淌，生命如河，代代流傳。

讀詹老師〈流動在三角湧溪的流變歲月〉後之心得

許文馨

真理大學台灣文學系學生

　　看完這篇散文，我覺得作者想表達的主旨有二。其一，每個人的童年，總有家鄉的一個事物或景致，陪伴著自己長大；其二，每個地方都會有專屬於該地的代表，且都是關於那個地方特別的存在。儘管會跟人一樣因歲月老去，跟器官一樣毀損，但總能經過不斷的修整，再以另個樣貌呈現，而那些事物的精神、內在，依然還跟童年時一樣，別具意義。

　　我在台北四年還未曾去過三峽，沒見過三峽的樣態，不過透過作者的描述，卻可以充分感受到，三峽是一個風景怡人的好地方。文章裡，我最喜歡也最想學習的優點，就是作者對於風景的描述，能從他美麗的文字身臨其境；此外，我更想學習的是他對家鄉景物的欣賞，對地方事物的關心。

　　如果我要寫一個地方，我會寫淡水。雖然淡水並不是我的家鄉，不過淡水對我來說是一個特別的存在和過程，畢

竟青春年少就離開雙親和家人，獨自生活在淡水，也有幾年時光了。

〈流動在三角湧溪的流變歲月〉閱後小記

彭品榕
真理大學台灣文學系學生

　　我覺得文章的主題是在描述新鄉三角湧溪這條河帶給作者的回憶，還有祖輩們住在河邊的生活方式以及後輩的思念之情。

　　本文對地方的描述和用字技巧與借代手法的運用值得我學習，能使文章看起來更生動，更能打動讀者。其中我最喜歡後面他女兒幫作者拍照，然後說：

> 嗨，老爸，剛才我們偷偷幫您照了一張相！您走在河堤上的背影，真的很像很像死去的下港阿公喔！

這讓作者回想起自己也曾幫父親拍過一樣的照片，時間不知不覺已經過了很久，久到那些照片都被收藏在相簿裡，但故鄉的那條濁水溪還在，它見證了所有事情的變化。

　　至於三峽，我有去過，但印象中只有好吃的牛角麵包。說到看完詹老師這篇文章後，我要學習他寫哪裡嗎？應該會寫我家和自己的房間吧，因為那是我最熟悉的地方。先感念爸媽持家的辛苦，再描述這個家的空間布置，最後介紹我睡在自己房間裡的感受，就這樣了。

〈流動在三角湧溪的流變歲月〉
閱後短記一則

蔡宜庭

真理大學台灣文學系學生

　　看完這篇散文，我發現作者有時像在用第三人稱的角度描述事情，但大部分還是以第一人稱來進行。我比較喜歡像這樣的轉換，如同看電影時，視角會變大，又變小的樣子，能呈現多層次的視野感受，而不是只用單一視角來講故事。

　　另外，他文字都是那麼平淡，卻具有一種親切感，好似我也曾住過那裡，讓我更容易沉浸在他描述的故事裡。我有去過三峽，可是我從未深入去了解過當地的歷史、地裡、人文等等，去三峽的印象，就僅只老街，還有一些吃吃喝喝的回憶而已。

　　若是讓我書寫，我最想寫的地方，應該是小琉球吧。我會使用一種旅行者的角度，既客觀記述當地人的生活情形，又主觀地讓自己融入其中，同時也讓讀者看著看著，產生他們也參訪過此地的熟悉感和親切感。

〈流動在三角湧溪的流變歲月〉 讀後感思

吳佩珊

真理大學台灣文學系學生

在詹老師的文章中，我能感受到他對三峽這個地方的愛，但對三峽溪濃厚的情感，是我無法去感同身受的。因為家人與在地人，還有那條溪在他眼中緩緩交疊，產生出濃厚又複雜的情感，對只看一眼就過去了的我們，是不曾有過的體驗。即使如此，我感覺得出來，他要表達的是濃厚的鄉愁，跟那種一代接一代的精神。

本文的優點是，他交疊在一起的視角，不會顯得凌亂，反而能把彼此的情感和畫面表達得很好，主要是因為那份無法言語的情感和感動，以及深入流動其中的深刻感受。

我最喜歡而驚訝的是當地人抓魚那一段。是怎樣的勇氣，才敢在颱風暴雨天臨溪抓魚？換作是我想都不敢想，遑論親自去做！簡直不可思議。

　　遺憾的是，我沒有去過三峽，沒機會親眼看到這條溪。

　　要我寫一個地方的話，可能就寫淡水吧？這是我去過最多次的地方。

讀〈流動在三角湧溪的流變歲月〉之心得與發想

江佩錡

真理大學台灣文學系學生

文中敘述三峽河的過往及所見之變化，還有一些特別的趣事與周邊景況，抒發自身對於這三峽河的情感。

作者描述事件的手法，使我如身歷其境般透過文字，直接面對三峽河，彷彿我也在那些場景中，與作者經歷了同樣的事件。文字的使用恰到好處，文與情達成平衡。

談及最喜歡的地方，是冰島，早有耳聞當地的美景，希望將來能實際走訪一趟。

至於是否曾造訪三峽，我去過三峽老街，紅磚堆砌的拱廊建築使人移不開目光，即便歷經多年的風吹日曬雨淋，也不失昔日光彩。而它曾經有過的繁華，卻已成為歷史。

　　若讓我寫一個地方，我想寫淡水，先描寫過往來過幾次的印象，再寫住在新居所的感受，看見了哪些以前沒有見過的事物，以及重新熟悉這個地方的過程等等。

記〈流動在三角湧溪的流變歲月〉讀後心得

洪芯雅

真理大學台灣文學系學生

　　本文描述三峽溪的世代延續。作者離家背井後，還能保持的記憶傳承，此點值得我學習。

　　談到我最喜歡的地方，是宜蘭和高雄。因為幾乎每年的暑假，爸媽都會帶我們到宜蘭渡假，宜蘭的渡假村就像世外桃源一樣美，是在都市看不到的風景。而我國小的時候，曾經去過高雄，愛河十分遼闊美麗，夜景尤為吸引人，若是晚上吃飽後，坐船去看風景，心情便會特別好。

　　至於三峽，國小、國中時，曾經去過三峽老街玩，以前只要逢年過節，爸媽也都會帶我們去三峽老街走春。對三峽老街的印象是那裡有很多騎樓，還有好吃的涼糕，跟許多古早的小孩玩具。

　　如果要我寫一個地方，我想寫香港，用擬人法寫維多利亞港的風光，還有香港街道的復古氣息。

詹明儒老師散文〈流動在三角湧溪的流變歲月〉讀後心得

吳嘉恩

真理大學台灣文學系學生

　　本文主要講述作者從民國七十年代中期到九十年代，移居三角湧溪（今三峽河）旁的歲月中所看見的大小事。文章主題偏向述說自身生活，讀者可從中理解到生活在三角湧溪旁，究竟發生了什麼、看見了什麼，以及沉澱了什麼人情世故。

　　其中，時常有大雨的夏秋兩季，半夜就要臨時被叫去探視河況；秋颱納莉襲擊台灣時，看見老住戶對這條河的信任感，信任到不怕溪洪湍急，還試著下岸去捕魚。另外，里民因水利會河堤美化工程不當，怨聲載道地進行抗議，作者也曾參與其中；喜歡臨河圍火的原住民則分享河灘給泰勞，讓他們盡情網魚，以便寄託來自東南亞民族的親水鄉愁。

　　我想作者實際看到的，可能不只這些，畢竟在三角湧溪旁生活久了，想必還有許多故事可以分享。我特別喜歡作

者小女兒和作者說的那段話，因為能從中感受到，作者以前幫父親拍照與現在小女兒為他拍照，那種今昔對比的世代感，又能讓我感受到，因為這條河所牽引起的作者與家人之間，過去所沒有的感情，為作者彌補了精神空缺，也替家人增加了生命澄清感。

至於這篇文章的優點，我認為作者的敘事手法十分厲害，透過視覺摹寫來描述，再加上些許對話，就能讓讀者歷歷在目，就像真正身歷其境。雖然我好幾年前曾去過三峽一次，印象並不是很深，但依稀記得有看到三峽河，或許也有看到作者所描述的河堤倒影吧？

如果我要寫一個地方，我會寫我的家鄉，桃園八德的埤塘自然生態公園。雖然這地方離我家有段距離，但這是我去過印象很深刻的地方。在這裡帶給我許多感覺，包括曾經和家人共訪的親情，和同班同學同遊的友情等等回憶。有機會的話，我會把在這地方所感受到的情感寫進文章裡，應該能像詹老師這樣，幫自己留下許多溫馨往事吧。

讀詹老師散文〈流動在三角湧溪的流變歲月〉心得一則

謝孟哲
真理大學台灣文學系學生

　　本文主題為三角湧溪的今昔對比。我認為文章優點在於實寫對於家鄉的情感，虛寫對於已故父親的情感，以及當地人與土地之間的默契。

　　我最喜歡的一段是在文末，最後作者藉由小女兒之口，說出不知不覺中，其實自己也已經老了的感慨。

　　我沒有去過三峽，對三峽的印象只有牛角麵包、黑面祖師等等。

　　至於，我會想書寫哪個地方嗎？應該是雲林吧，雲林是農業大縣，大概會針對農民跟上天的關係，據以訂為主題，紀錄靠天吃飯的甘苦經驗吧。

記散文〈流動在三角湧溪的流變歲月〉讀後感

張湘琳

真理大學台灣文學系學生

我認為文章的主題，並沒有直接提到三峽這個地方，而是講出三角湧名稱由來——以前三溪交匯，使地形略呈三角形，讓不懂這個地方的人，可以有更多認識和想像。

我很喜歡文章裡的一段，是老居民在納莉颱風來時，在溪洪洶湧的情況下，竟然毫不緊張拿著塑膠水桶和長柄魚網，踩著溪堤斜面抓魚。作者長期居住此地，耳濡目染下，漸漸地也了解附近的地方生態，最後跟社區和溪流，渾然融合成一體。

我最近一次去三峽，應該是在國一的時候吧？那時飄著毛毛細雨，只有到處走走和買吃的，就回家了。我覺得蠻可惜的，居然連拍一張照都沒有，所以我很期待十月底的那趟三峽之旅！

　　如果要寫一個地方，我想寫樹林區，畢竟那是我住了快十九年的地方嘛。但是想歸想，其實我沒多大把握，不知會把家鄉寫成什麼樣子。

詹明儒老師〈流動在三角湧溪的流變歲月〉讀後心得

小栗實紗

真理大學台灣文學系學生

看完了詹明儒老師的散文後，我認為文章的主題是「與河同住的生活」。因為文章中的「他」與「他們一族」的人生和記憶，是「什麼時候」、「總是」跟著河，河對他們來說，就是密不可分的存在，而過去到現在的人生與記憶都跟河有關。

我覺得從文章中，可學到的是「作者想讓讀者了解自己的創作動機，並用淺顯易懂的方式寫作」，而且探究「為了讓讀者一睹他富有魅力的文采，作者運用了何種寫作方式」。

作者首先簡單說明，文章中描寫的地方是怎麼樣的場所，接著展開故事。

　　談論回憶的時候，作者寫下兩件事情。第一個，就是
「什麼年代發生了這些事情」，所以我們比較容易想像這些
回憶，且能想得很清楚。第二個是，作者的寫法讓我們想起
自己小時候的記憶。雖然每個人的成長背景不一樣，想起來
的事情也會不同，但是從前親戚帶我跟妹妹、表哥與表姊一
起去河邊釣魚的記憶，卻跟作者的想法不謀而合。

　　我滿喜歡作者獨特的表達方式，尤其是：

> 河堤上，只見他們腳穿雨鞋，一人提著塑膠水桶留
> 在岸上，一人持著長柄網子順著水泥堤岸斜面，三
> 幾步溜到半壁高的加強柱上，站穩腳跟舉網探身，
> 便往加強柱與堤岸形成的九十度夾角凹處撈去，撈
> 到了魚就往上扔。

這部分。除此之外，也喜歡作者當爸爸的時候，他的女兒對
他說：

> 「嗨，老爸，剛才我們偷偷幫您照了一張相！您走
> 在河堤上的背影，真的很像很像死去的下港阿公
> 喔！」當我又踽踽循原路走回此岸時，小女兒純真
> 的劈頭告訴我，這麼一件事。

我認為這兩個部分，作者用非常精采的表現方法強烈表達
出形象與情感。

　　我去過三峽兩次，第一次是一個在公園認識的親切阿嬤跟我一起去三峽客家博物館和三峽老街。第二次是我男朋友和他的家人帶我去三峽公園。

　　我的印象是，三峽是一座可以看到「現在」與「過去」的有歷史的城市。因為逛三峽的話可以看到很多現代的東西，但也有能感受歷史的傳統建築群，尤其是保留到現在的老式房屋牆壁、三峽老街、形狀獨特的房子、屋頂等等。

　　對日本人的我來說，看到日本復古冰淇淋店和日本傳統玩具，就感覺自己像身處在日本，甚至在我回家後會想起來的城市，就是三峽。

　　我現在有點想念自己長大的城市，因為念書的原因所以到台灣來，所以如果自己要寫一個地方的話，我想分享給大家的是，日本岐阜縣可兒市。

　　我在日本的鄉下長大，雖然那裡不像台北市或新北市這樣熱鬧，可是可兒市有很多自然環境和一個很大的玫瑰花園──Flower Festival Commemorative Park。

　　我媽媽是一個喜愛自然和花的人，而這個公園離我們家很近，裡面除了很大的花海以外，也有很大的空間，對小孩子來說，這個公園是一個玩整天都不會厭倦的地方，而我的回憶都在這個公園裡。如果自己要寫的話，會想和作者一樣，首先簡單介紹一下可兒市，同時想觸及這公園的回憶。

讀散文〈流動在三角湧溪的流變歲月〉後之抒發

廖升楷

真理大學台灣文學系學生

這篇文章最明顯的，就是能讓我感受到作者的文字所帶來的溫度。

我非常喜歡這類型的作品。如果要我寫一篇這類的文章的話，我會選擇描寫孕育我長大的家鄉，南投縣鹿谷鄉清水村；那裡也有亮麗的風景，溫暖的人情，每次回去我都會備感親切，心曠神怡，好像重新充一次電那樣。

由散文〈流動在三角湧溪的流變歲月〉之所見

黃靖芸

真理大學台灣文學系學生

　　此文主要在於描寫作者與河的羈絆，無論是孩提時，作者父親連聲喚醒作者前往濁水溪溪畔，檢查河堤安全，亦或是作者舉家遷往三峽的「大旗尾」社區後，在三峽河的所聞所感。作者文筆細膩真摯，富含感情，與生活情景環環相扣，極有代入感，彷彿作者眼裡的風景，如詩如畫的出現在讀者眼簾。

　　作者描寫河的高漲模樣十分生動，我喜歡文章裡居民與泰勞的互相尊重，人與人間的溫情在字裡行間表露無遺。文章最後，作者女兒替作者照相的段落，畫龍點睛地點出作者與河流在情感上的牽絆，而作者記憶裡的父親與河流共存於生命中，如同滔滔河水一般湧動，不曾消逝。

　　我在年幼時去過三峽，雖然記憶已經模糊不清，但印象最深刻的莫過於飄香在街道的金牛角麵包，以及清水祖

師廟裡氤氳裊繞的香火。若要讓我描寫一個地方，我想我會記錄下自己和家人，同去台中留宿旅館的經驗。那間旅館樸素簡單，給人一種回到家的感覺，溫馨而美好。我會用單刀直入的手法，描述所看到的景物和經歷，書寫我的所見所聞所感，留下那趟旅程的難得印象。

詹明儒老師散文〈流動在三角湧溪的流變歲月〉讀後心得

黃紫熏

真理大學台灣文學系學生

我認為這篇散文，是一個由傳統走向現代發展的歷史變遷紀錄。

本文透過故事來闡述，親情並不隨著時間而改變，依舊是那樣被記憶著，同樣的事情，不同的時間、不同的地點，世代依舊一樣持續在進行。

我覺得這篇文章文筆流暢，轉折奧妙，沒有半分卡斷之處。在描述情感、景物、意象、感官、心情方面，都十分恰當，十分精彩；其中，也引述了原住民和外籍移工的休閒活動，讓人記憶點倍增，生活性十足。而最令我有所共感的是：「嗨，老爸，剛才我們偷偷幫您照了一張相！您走在河堤上的背影，真的很像很像死去的下港阿公喔！」當作者又踽踽循原路走回此岸時，小女兒純真的劈頭告訴他，這麼一件三代之間的溫馨親情。

　　本文前後呼應，這是非常厲害的手法，也是寫作當中進階的手法之一，值得我當作範本來學習。

　　而說到令我最難忘，或說最喜歡的地點，那就莫過於中國江蘇一帶的小船流水人家了。在聖心女中求學時，我曾經去當過交換學生，那裏的 Home 爸媽有帶我去過；我覺得那裏好美，我穿著漢服遊玩，拍下許多照片，與學伴一起在古橋上嬉鬧被公安制止，這是最美好的回憶之一。那裡真的風景如畫，還能乘舟遊河，一邊買來古扇搧呀搧著，恍若回到古老朝代，希望今生還能再度體驗一番！

　　我還記得，自己曾經想考的就是三峽的台北大學，那裡風景很好，走在校園彷彿走在花園。但我一直沒去過三峽市區，爸爸常說，等買了新車就帶我去三峽老街逛逛，現在買了卻還未帶我去。很期待踏查課程的三峽之旅，因為我知道三峽是個很美的地方，我想去那邊攝影，寫旅遊日記，用拍立得拍下秀麗河山，那應該會是很好的一天吧？

　　如果我要寫一個地方，我會寫香港，我太喜歡香港港仔的文化了。可惜近年因大陸那邊的政權問題，我再也不能去香港了。我還記得，自己瘋也似的在香港文創產業豐盛的 K11 購物中心購物的樣子，當時買了很多文創商品，至今都還留著。而香港的每個巷弄都很好寫，因為那是個很具有文化特色的地方，光是吃的，我就可以寫出一堆東西。我會寫出這個地方的美食、地理位置、歷史文化、文創新興產業，

因為這些都是我喜歡的，而我覺得寫文章從自己喜歡的東西著手，寫出來的作品才會是最好看的。

〈流動在三角湧溪的流變歲月〉讀後心得

呂亦屏
真理大學台灣文學系學生

　　大到一個地區、一條河、一群人民、一個地名，小到一次晚霞、一句話、一次散步、一幕回憶、一份認同，這些在我們看來每天都並無不同的人生瑣事，在詹明儒老師的眼中、筆下，卻顯得格外溫馨而有趣。單看字眼來說，這可能非常的普通，但對我來說，能把每天都過得如此的細致是難能可貴，且需要學習的優點。

　　老師的文章裡，始終貫穿著「三角湧溪」。在主觀情感層面上，對於這條溪，他從一開始精神上的自我不認同，到自動參加「里民大會」的轉折心情，書寫自己對此溪的感受；之後，因為不經意的一張親子照片，填補了對於另一條故鄉母河的心靈空缺，而從此得到慰藉和認同。

　　在客觀情感層面上，對於這條溪，他旁觀到原住民家庭徜徉在河畔，升火烤魚野餐，承襲了他們傳統的部落情

味；旁觀到泰勞夥伴游涉在河裡，撒網捕魚取樂，紓解了他們異域的漂泊鄉愁。這些第三者的人、事、物，因為三角湧溪的連結，看似無關卻又隱隱相關地，融合成為一種「處處是家鄉」的和諧構圖。

我最喜歡的地方，是桃園的虎頭山。那裡乘載著兒時我跟家人的美好回憶。小時候，爺爺和奶奶會開車帶我去爬山，山上蟬聲唧唧，而爺爺會細心陪我尋找甲蟲的蹤跡；爸爸也會趁空騎車載著我去虎頭山和花市玩。在花市裡，爸爸會仔細說明那些花、樹的品種，和種植的方法。接著，我們會經過賣香腸、車輪餅和彈珠汽水的攤位，每次我都會吵著要爸爸買給我，然後牽著他的大手，一起走去爬山。對大家來說這可能沒有什麼了不起，但對我來說，能和家人多多相處，每一分一秒都是珍貴的。

說到三峽，我只去過老街，印象只有遊客絡繹不絕，和當地有賣很多古早味的小零嘴。如果要我寫一個地方，我會選擇寫我的國中——慈文國中。我會從入學回憶開始，接著寫到對於升學制度的理解，和對於一些資源分配的不公。從大家都很在意的升學入手，寫到改善和解決分配的方法，這樣既能讓大家都有帶入感，也能盡到發人省思的責任。

〈流動在三角湧溪的歲月〉 讀後感

張倉銘
真理大學台灣文學系學生

有河從南邊雲巒間流轉而下，穿越市區後，在社區
外圍形成半圈流幻弧灣。

本文首句就講出三峽河的上、中、下游，以景觀帶出整
個故事，而故事就這樣開始了。

作者青壯時期帶著父親，從中部搬遷到三峽，從濁水
溪旁移居到三峽河旁，這歲月的經歷深深影響了他對河流
的情感。民國九十年，納莉颱風造成三峽河暴漲，群眾忙著
避難，作者卻親眼看見當地人趁著河水暴漲去捕魚，可謂是
大開眼界，也對當地人跟河流的默契感到佩服。後來河堤旁
開始整修，作者也以里民的身分發表看法，最後才變成現在
我們看到的樣子。

波紋湧動不息，猶如世事紛亂不止的溪瀨突石上……。

這段我個人的心得是，作者在暗喻白鷺與夜鷺要吃魚，在溪石上靜靜等候最佳出手的時機，讓他聯想到社會上許多失業的民眾，應該要學習水鳥，把握機會勇於嘗試。

作者筆觸細膩，情感真摯，不管是寫景、寫人、寫情，都描述得很生動。從小時候到成年再到中年，這段歲月跟河流的感情密不可分，但景物依舊，人事已非，不免傷感。最後作者對三峽河充滿了感激，因為在他鄉的二十年歲月之中，河堤除了防洪、休閒之外，也是他自己及家人很重要的心靈慰藉。

〈流動在三角湧溪的歲月〉 讀後紀錄與抒感

李妲樂

真理大學台灣文學系學生

　　作者的主題是河與河堤，敘述內容則圍繞著故鄉的母河、後來遷居地的河川，以及他遭遇的人、事、物。

　　文章提到作者身處三峽，遇到颱風時，里民辦公處廣播請大家遠離河堤，避免發生危險。但作者竟然不是在家躲避颱風，而是去河堤觀看河水的氾濫情形，他的危機感來自於萬一河水大暴漲淹到岸上，則後果不堪設想；但有幾位當地居民，也前往河堤觀看河水的氾濫程度，並且向作者說明，他們住在三峽已經好幾年了，這裡從來沒有潰堤過。果不其然，河水還真的漸漸消退了，因為河水漲高，河川裏頭的魚也靠向岸邊，而那些居民則開始捕起魚來，讓我覺得十分逗趣可愛！

　　作者後來也關心地方事物的發展。提到河川整治，政府把原本骯髒而泥濘不堪的河堤加以改造，採用現代材料

鋪設地板，多加設欄杆、長椅、路燈等，把河堤變成適合附近居民飯後散步、休閒聊天的小公園。

而文章末尾提到，有河流經過是一種上天的寶貴恩賜，這是我最喜歡的一段話。因為我很喜歡親近水，常去海邊看海、山上看瀑布、河邊看河流，喜歡觀賞那種美麗遼闊的海景，聆聽那種潺潺不絕的流水聲，感覺耳目都受到洗滌一般，心靈一片舒暢。

我去過三峽老街，古老的街道有一種歲月靜好的美。我很喜歡老式的建築，紅磚瓦、平房甚至是三合院，都讓我有一種熟悉親切的感覺，忍不住去思考這些地方，發生過什麼樣的故事。

如果我今天要寫一個地方，我會寫墾丁的沙灘。每當暑假來臨，時間許可，我家就會下南部去玩，不管去幾次，還是會覺得很開心。聽著海浪拍打著沙灘的聲音，再看看一望無際的海岸線連接著蔚藍的天空，真是美不勝收，煩惱都飛去十萬八千里之外，真的好不快樂呀。

〈流動在三角湧溪的歲月〉
散文讀後感

廖祥哲
真理大學台灣文學系學生

　　我認為作者的文章主題不錯，裡面的各種呈現幾乎都值得學習。而我最喜歡的是他文章中的地點——三峽，因為從這個地點的風物，我們就可以產生聯想，進而更加了解作家的內在。

　　我曾經去過三峽好幾次，因為我覺得那邊是一個很好的地方，所以才會去這麼多次。我對那邊的印象，就是一個有很多老屋子，很好逛街的地方。那裡有各式各樣的商店，整條街都是吃的和喝的，不怕吃不飽。吃的方面，最有名的就是金牛角了，因為真的很好吃，其中我最喜歡的是巧克力口味，每次都會為此排隊排很久。

　　而在老屋方面，那條街的建築都是古歐式的樣式，因為現在已經很少能看到這樣古老的建築，所以是很特別的一點。

　　我如果要寫一個地方，應該會寫台北吧，畢竟我就生活在台北，其他縣市則比較不熟。台北是一個全台灣最熱鬧的都市，因為交通便利，想去哪個縣市都很方便。還有，台北的美食、古蹟、名勝也挺多的，想吃什麼、參觀什麼，也幾乎都有。

〈流動在三角湧溪的歲月〉
讀後思考與發想

謝易君

真理大學台灣文學系學生

作者家中四兄弟，為了謀求改善家庭生計，從中部濁水溪北岸攜老扶幼，北遷三峽社區落籍，二十餘年對這裡也算是熟悉了。直至民國九十年的納莉颱風，他冒著風雨爬上河堤，遇上了自幼居住在這裡的鄰居要來抓魚，還好心的安慰他不用擔心河水沖垮河岸，心裡十分複雜，才發現自己還沒有真正熟悉這條河。

自此，想起過去跟這條河、這個社區相處，從陌生到熟習的情形。然後看著越來越多人來到這裡散心、休憩，在記憶的畫面上留下一筆，不禁想著是不是外鄉人又有何關係？而此時，他和家人，早就被夕陽倒映在河面上，被時間紀錄成溫馨剪影了。這是作者所生活的過去、現在，以及逐漸老邁的以後。

我很喜歡作者走在河堤上，女兒替他拍照的那段。小女兒拿著相機，他站在前方，妻子喊了他一聲，回過頭清楚地看到妻子和女兒們。我想像著夕陽溶解了時間留在他臉上的痕跡。如果要在舞台上呈現這種感覺，這就很適合打逆光定格，然後燈暗。

如果要我模擬書寫一個地方，我會用「你的名字」，那種發生在一個真實地點的、虛構的浪漫愛情故事；或者是用「龍貓」，那種以平行時空在所有人都不存在，或定格的時間裡，好好加以創作；又或者像是「天橋上的魔術師」那樣，同地點、同時空、多事件，記憶來自不同人口中的方式。

不過，我也不太確定這樣好不好，畢竟我沒寫過，這只是我初步的構想。

散文，與記憶裡的三峽

張睿恩
真理大學台灣文學系學生

作者在文中寫到，二十年來，雖在口頭上公開自稱是個「三峽人」，但內心中卻總像老父生前，無法從「西螺溪」過渡到「濁水溪」那樣，我們也總是無法把「三峽河」過渡到「三角湧溪」，把「龍埔里」深化為「大旗尾」。

我想這是因為三峽河對作者來說，並非從小到大最熟悉的溪流，故無法對其有很深的在地認同。作者的想法，我或多或少可以理解。因為戶籍的關係，我是從新北市板橋跟著父母搬到宜蘭去生活的。因為幼稚園中班以前都在板橋生活，即使我在宜蘭生活了十幾年，所以在我的心中，也很難將宜蘭當成家鄉，頂多算是居所吧！

整篇文章，我最喜歡兩位老鄰居在溪水暴漲後捕魚那部分，若不是親眼所見，否則一定無法描寫的這麼詳細、生動，讓我彷彿身歷其境，與兩位老鄰居一同站在加強柱上捕魚，看著腳下湍急的溪水，讓我雙腳發軟，實在是佩服他們能在那種狀況下輕鬆的捕魚。兩位老鄰居因在當地生活了

許久，對三峽河的了解也足以讓他們有辦法在溪水暴漲後捕魚，或許他們只是單純的想在那時享受捕魚的樂趣吧！有「醉翁之意不在酒」的想法，真令人嚮往。

　　三峽對我來說，是承載著與已過世的外公、外婆的回憶的地方。在外公、外婆過世前，每年的過年，爸媽都會帶我和外公、外婆去三峽老街一日遊。當時人很多，幾乎都是觀光客，我們逛累了就會在長福橋上欣賞三峽河，並稍作休息。這樣的行程直到外公、外婆過世，與他們同住的舅舅在林口買房子後，便無法再繼續下去。從此以後，每次去到三峽，我都會回想起與外公、外婆相處的時光。

詹明儒老師散文〈流動在三角湧溪的歲月〉讀後心得

商育瑄
真理大學台灣文學系學生

　　我覺得這篇文章寫得很有感情，隨著時間越久情感也越重，讓人很能感受到作者的心情。用的字詞也很優美，雖然有些我還看不太懂，但這些都可以筆記下來去查是什麼意思，然後紀錄下來，下次寫文章可以參考學習。

　　我最喜歡作者寫到溪洪的時候，因為很緊張而自己去查看有沒有問題，但兩位在地老鄰居卻說一定沒事；還有臨溪捕魚很開心的部分，那種培養起來的默契，互相信任、熟悉，最後深深融入居住地的感覺，讓我覺得很溫馨。

　　雖然我沒去過三峽，也不太清楚三峽在哪裡，但我知道三峽也有老街，看完這篇文章就也蠻想去那邊走走的。

　　如果要寫一個地方，我應該會寫以前回菲律賓找外公、外婆的記憶。雖然沒有去過很多次，但我應該會寫小時候第

一次去的感想，以及過了好多年，再回去重遊的一些變化與
感受。

散文〈流動在三角湧溪的歲月〉讀後記錄

張馨予

真理大學台灣文學系學生

看完文章後，我覺得作者描寫得很生動，感覺自己就在那裡一樣，很有畫面感。而後面也有寫到作者自己的省思和感觸，文章貫通得很流暢，讀得很舒服。有一個段落的對話部分，讓文章讀起來不會無聊。我打從心裡非常佩服作者，這些都是我要好好學習的部分。

之前有去過三峽，但已經蠻久以前了。對那裡的印象就是房子都矮矮的，有復古風，然後都有騎樓，當地最有名的就是金牛角。

如果要寫一個地方，我會寫淡水。因為從小學開始就在這裡生活，對這裡感到很親切，想要更深入的去了解我平常生活的地方。

〈流動在三角湧溪的歲月〉
讀後感與地方寫作

劉庭蓁
真理大學台灣文學系學生

　　我認為作者在〈湧動在三角湧溪的流變歲月〉裡，最主要呈現的核心主題是地方河川與人類文明的相互影響，在這樣的自然作用下，附近居民是如何與這條河流共處。文章中，三峽河不只是一條河，在日常生活，有時甚至可以捕撈漁獲；精神層面更成為大旗尾社區的向心力所在，居民閒暇之餘也可以去河堤賞月、散心。在經年累月下，累積了深厚的地方情感，全文瀰漫著作者營造出的地方社區氛圍。

　　至於值得學習的優點，在氣氛營造上，我認知到可以在文章中對地區投射出不同層次的情感，從河川流域到家鄉，再帶入家人之間的親情，一步一步層層關聯，並且在生動形容河川狀態下，渲染自身思念家鄉的情懷。我們平時寫作業，較不常去細膩刻畫一塊土地與生活之間的連結，由一地而延展出的背景故事，是十分值得去探討的主題。

　　而我最欣賞作者利用不同地區的稱呼，去用文化分辨不同族群的居民。以不同地區的人民著手，是我平常寫作時不會注意到的點。十分吸引人想去研究，並探討時代背景與稱呼的形塑過程。

　　在小學時期曾經跟隨家人去三峽一日旅遊過。古色古香的老街建築，以及富有人文意義的藝術品，在逛街的過程也能沈浸在地方民情中，伴隨簡單的童玩，如同走入時光隧道回到過去；巴洛克式的建築，則讓人帶入了歷史感，也滋潤了內在心靈。

　　如果要讓我使用文字去敘寫、紀錄一個地方，我會選擇「花蓮」。那裡不僅保留台灣最原始的森林，一邊是海洋的奇幻冒險，另一邊有樹林的魔幻氣息，在人文方面也擁有相當豐富的語言文化資產，讓人能在忙碌的生活找到一個靜下來的棲地。我會用文字帶領，並開展原住民部落最貼近自然的生活，並仔細描述不同的歷史文化，從各個角度切入花蓮這塊土地的深層情感。

讀〈流動在三角湧溪的歲月〉後心得

黃子恩
真理大學台灣文學系學生

　　這篇文章主要是在敘述作者與三角湧溪的故事。從一開始的陌生到慢慢認同，最後產生感情。

　　文章裡描述地景，使用了很多不同的修辭法，筆調清晰流利，不會讓人覺得枯燥乏味，反而像是作者帶領著讀者，一起見證三角湧溪的歷史與風貌，即使只是文字的書寫，也彷彿能夠身歷其境的去感受他當下的心情。其中，我最喜歡的部分是，河堤不再只是防患洪水的功能，更提供民眾一個放鬆休閒的選擇。因為我也喜歡在黃昏的時刻到河堤散步，享受自己一個人的愜意時光，所以對這段內容更有共鳴和體會。

　　整篇文章，除了描繪河流的景象外，也使用河流延伸了很多意義，讓我們反思這些問題；更強調，河流對於一個城鎮、一個社區的珍貴與重要性。其實，我們平時生活的周

遭，就有不少的河流、河堤，但因為生活的忙碌沒有注意到，有機會的話可以多去了解，並且觀察自己生活的環境。

　　小時候，父母曾經帶我到三峽老街旅遊。最近一次到三峽，是因為剛好有朋友讀台北大學，所以有機會到附近逛逛，但因為只有短短的一天，所以沒有太深刻的印象。

　　一直以來，我都沒有嘗試寫過這種類型的文章，如果有機會的話，我想寫我成長的家鄉「東勢」。雖然我已經在東勢生活十幾年了，但都不曾有過這種「反思」的念頭。我想從各個方面，嘗試著去深入「反觀」家鄉的人文現象和地理環境。詹老師這篇文章，剛好給予我一個提示，同時也提供我一個書寫的參考。

詹明儒老師〈流動在三角湧溪的歲月〉讀後心得

紀宛君
真理大學台灣文學系學生

　　作者巧妙的利用龍埔里和三峽河，一方面訴說著跟父親相處的時光，一方面觀察著這條河流與居民的相處狀況，主題其實可以劃分很多。但如果是我，我會偏向與父親的相處時光，因為開頭就用父親的角度，說明他是如何看此河流；結尾時，也想像著自己宛如父親的心情一樣，藉由父親的角色，抒發自己的感想。

　　此文章所寫出的文字，都可讓我感覺到那個空間感。在閱讀文字時，就已經可以想像出他描述的畫面。另外一個優點是，利用不同角度的敘述，使文章內容豐富起來，也不至於讓讀者感到無聊，這是值得我學習的寫作方法。

　　我最喜歡作者以親情的角度出發，去探討關於這個地方的由來與感情，並且沒有濫情的感覺，就是能感受到，作

者除了對於家人的重視以外，同時也融入了一個社區，以及珍惜一條河流的心情。

我和家人一起去過三峽老街，發現建築物都很有特色，房子的屋頂以及牆上，都有著不同的圖案、形狀，讓人感到驚艷，久久徜徉其中。

如果要我寫一個地方，我會寫新北市老梅，那是個靠近海邊的傳統小村落，也是我小時候生活的地方。我想寫出自己對於這片土地的認識，以及因為觀光事業興起，讓附近房子的樣貌，周圍道路景色，全都煥然一新的感受；還想寫出，跟以往自己印象中的感覺，有哪些不一樣的地方，對比出今昔想法，做為我的成長紀錄，以後回憶一定很有意義。

〈流動在三角湧溪的歲月〉
讀後心得

吳庭宇
真理大學台灣文學系學生

　　作者詹明儒老師，居住在三峽，本文記錄了他的社區，以及河流的今昔歲月。這條河流，老一輩的稱呼「三峽湧溪」、現代的稱呼「三峽溪」，對應著也是有兩個名字，以前叫作「劉厝埔」，現在叫作「龍埔仔」的社區。

　　文章提到，詹老師有四兄弟，因為北上工作搬來三峽，已經二十幾年了，雖然自稱「三峽人」，但在內心卻像老父生前，無法從「西螺溪」過渡到「三峽溪」一樣，對著舊有的名字，還是比較有感情。

　　代代生活過的軌跡，時光游動過的波紋，都被我們眷戀，更何況是現代人對於大自然的嚮往？而最好的大自然就在身邊，平易近人的河流，可能是古人捕魚為食的地方，而今生活進步了，卻成為當地人下班後，散步遛狗的去處。

　　文章在形容地景，很是生動，例如「平時流量不大，波光迤邐淺閃」的描寫。還有紀錄民國九十年九月，秋颱「納莉」重創北台灣，那時候各地淹水嚴重，詹老師也懷抱著，像他老爸的憂患意識，敬畏一條河和一道河堤的危機感。

　　這是我在這篇文章裡，最喜歡也是印象最深刻的一段。因為有著為人子女，懷念爸爸的連結，好似爸爸留下賦予兒子的精神，提醒在生活中要愛護社區環境，要小心家園因風雨所帶來的危險。

　　文章最後那段，黃昏靜觀河堤上倒影，小女兒天真的告訴作者一件事：

　　　　爸！您走在河堤上的背影，跟死去的下港阿公，真的好像，好像。

這種畫龍點睛的感性筆法，把老爸和自己的背影，安排在結尾，讓全文更加顯出三代交疊的立體感。

　　我去過三峽，是和父母一起去的。印象中有老街、祖師廟、牛角麵包。讀了詹老師的作品後，下次我會更有興趣，去探索這個擁有豐富人文內涵的三峽鎮。

　　如果我要寫一個地方，可能是外公外婆家，宜蘭縣的羅東鎮，因為小時候常去，比較熟悉。但對於四面環海的蘭嶼也很喜歡，雖然我沒去過，但有機會一定會安排前去走

走；這是因為受到電影《只有大海知道》的影響，覺得那座小島，應該會是一個很美麗的地方。離島的自然風貌與原始景觀，還有達悟族文化，藝術與智慧兼具的拼板舟，很是吸引我，想用旁觀者的視角來給予記錄一番。

詹明儒老師散文〈流動在三角湧溪的歲月〉的讀後心得

夏滋佑

真理大學台灣文學系學生

　　我認為這篇文章，就是作者在描述自己，從一開始的劃分界線，後來慢慢有了歸屬感，最後認同這塊土地的心境轉變過程。

　　納莉颱風的那段，我認為很精彩，原本作者是以很緊張的心情，敘述著當時暴雨是多麼的可怕。緊接著畫面一轉，變成老鄰居的習以為常，甚至還不慌不忙的跑去撈魚，這讓我有十分反差的衝擊感；並且看得出來，作者對溪流，已經有了不一樣的印象與回憶。後來，作者經歷了這條河岸的總總綠化、美化過程，以及第一次參加里民大會，使他逐漸對這裡產生了歸屬感。

　　我很喜歡：

> 我獨自踽踽步行一段遠路到達彼岸，久久凝視著，
> 也在同時向我凝視的妻女們；夕照枯黃如史卷的天
> 空下，她們面目依稀可辨，但投映在河面倒影的身
> 形則一團模糊，似乎渾然已跟社區背景，共為一色。

這段融入地景地物的描寫；以及：

> 嗨，老爸，剛才我們偷偷幫您照了一張相！您走在
> 河堤上的背影，真的很像很像死去的下港阿公喔。

這種父子傳承，並且兩代結合為一體的親情美感。這種以前
他替父親照相，現在是女兒為他拍照的情景，有一代接著一
代的延續感念，而三代相傳的精神，不覺令我感動。

　　我認為他的文章敘事很生動，會讓人有畫面感。寫散
文時，我有個壞毛病，就是會時常用到「我」這個字，使用
得很頻繁；而詹老師會運用很多景象描寫、比喻，以及其他
人物襯托，表達當時的狀況與心情，十分值得我學習。

　　若要我寫一個地方，我大概會寫我從小到大，充滿回
憶的象山或者象山公園。因為我家就住在象山附近，國小、
國中、高中時，有小型戶外教學，也都是會去爬四獸山。由
於我媽媽很喜愛爬山，所以假日她會拉著我爸跟我一起去
爬；最常爬的路線是去永春崗，這段路線相對來說比較平
緩、容易走。

　　如果要看更高更漂亮的風景，那就要走九五鋒。但這段路不是普通的階梯，是比較古老的、不規則狀的石頭路，所以爬的人很稀少。而且最好不要單獨走，因為石頭上都佈滿了青苔，如果下雨天不注意，很容易受傷滑倒。但在上爬的過程中，也能也看到一些平常不常見的動物，像是鼯鼠跟帝雉，那種被印在鈔票上的帝雉，我真的親眼看到過，算是爬山過程的小小驚喜吧。

　　當然，也會看到一些比較平常的野生動物，例如松鼠跟蛇。為什麼我說比較平常呢？因為松鼠時常在我家後陽台的屋頂跳來跳去，有時候還會在陽台留下排泄物，當作路過的蹤跡；而蛇有時會路過我家大門口，讓我們大吃一驚。另外，我家大門上，偶而還會出現一隻樹蛙，讓我們有不速之客、不請自來之感。這是因為象山公園就在我家附近，裡面有個樹蛙的保護區，不過也是有段距離的，所以我至今還是摸不著頭緒，為什麼樹蛙能跑這麼遠，前來我家作客。

　　象山公園，也是我兒時常去的地方，以前它叫「中強公園」，象山捷運開通後被改名了，但我現在仍習慣叫那裡是「中強公園」。公園裡面，有個我很常去溜直排輪的場地，那邊以前有很多劇組會來拍戲，我也遠觀過很多劇組來公園拍戲的過程。其實我家附近，是滿多戲劇取材的地方，可能是因為可以看到台北一○一大樓吧？像《我可能不會愛你》裡的小酒館，也在我家附近，我國小還親眼目睹他們在

拍攝。但那時候我不知道他們在做什麼，看了幾眼就去安親班了。後來看報導，才知道原來我家附近就是拍攝地點。

不過，中強公園裡面的遊樂設施，都已經拆掉重建成塑膠製的，跟我小時候玩的不一樣。我覺得塑膠製的每個設計都差不多，雖然安全，但那使得每個地方的公園變成制式化，失去了獨特性，也讓我失去了想去看一看、玩一玩的新鮮感。

還有，以前只要大雨就不能走路的窄道，也被擴大了兩倍，改善了原本有午後雷陣雨就淹水走不了的狀況。這些大概都是因為象山捷運站的開通，所帶來的改變，其實也算是好處的一面吧？

因為閱讀詹老師的文章，使我觀察到自己居家環境的情形，注意到社區設施的改變，而開始回想起那些趣事，喜歡起那些景物了。

〈流動在三角湧溪的流變歲月〉
讀後思考與感念

黃宇瑄
真理大學台灣文學系學生

　　一座城鎮，一個社區，有河流過，是一種上天的寶貴恩賜。

　　這是作者文末的最後一句話，卻也是最觸動到我的一句話；更觸動到我的是，作者在文章中多次提到的「老父」。此外，這篇文章不只提到三峽溪，更是在紀錄這位老父，與他的過往點滴。

　　三峽，舊稱「三角湧」，三峽溪，舊稱「三角湧溪」。晚清時期，因樟腦、染布和茶而繁榮；日據時代，日本人在此開採樟腦、煤礦與木材，而成為三峽的新興工業。

　　以隨著季節變化鬧脾氣的河流，以及對於溪流又愛又怕的矛盾情結為開場，讓我了解到作者自身，對於新鄉三峽溪與家鄉西螺溪的複雜情感；也讓我了解到，溪流並非一成

不變的。我只去過一兩次三峽，但只是淺淺的走馬看花，從未真正深入去探索，這個地方的地理、歷史、人文發展。直到閱讀這篇文章，才讓我第一次深深知道，原來三峽溪充滿著這樣一個故事，更讓我深入探索到，作者與三峽溪的這種愛恨情仇。

我從小是在台中的鄉下長大的，算是隔代家庭，祖父母世代耕田，小時候時常聽他們提起自己幼時的田間往事，也曾經跟爺爺騎著老舊機車，穿梭田間小徑，可惜後來爺爺離開了，我也搬離台中來到台北。現在，我很遺憾自己當初沒有用心去探索，自己曾經成長的環境與文史。印象比較深刻的，就是去台中的林家花園，曾祖父娶了三任老婆，二老婆就是林家的女兒，而三老婆就是我的曾祖母，爸爸他們也因此一起在林家長大，他會跟我分享林家的每個角落，甚至一口水井、一個灶台的回憶。後來跟我談起時，爸爸滿滿都是遺憾，曾經自由進出的老家，現在卻要買門票才能進去，習以為常的角落，卻充滿陌生遊客的腳印。

希望之後，我跟自己子孫談起我的家鄉時，可以是自信的，而且是還可以看到實物，三代一起懷念的。

〈流動在三角湧溪的流變歲月〉
閱讀後有感

羅雨妍

真理大學台灣文學系學生

　　我認為作者的主題是說，跟在地的連結的淺或是深。就像在說三峽對自身來說是個過客，只能旁觀，亦是猶如親人的關係，跟這個地方緊緊的綁在一起。

　　我最喜歡的地方是屏東海生館。除了本身喜歡海洋生物之外，能近距離看到各式各樣多彩的海洋生物，讓人忍不住去讚嘆海洋世界的奇妙。除此之外，更是有種要被吸進去的感覺，會想要更了解，或是發現更多沒看過的海洋生物。

　　我最喜歡的海洋生物是白鯨跟花園鰻。花園鰻單純就是覺得牠們還可愛，就算知道牠們還有很長一截的身體埋在沙子裡，還是覺得牠們很可愛；至於白鯨，喜歡的原因是牠們豐富又生動的表情，真的很逗趣。海生館裡有一個走道，玻璃外，就是各種在水裡游泳的海洋生物，牠們還會游過人們的頭上，讓人嘖嘖稱奇，看得目不轉睛。

　　我很小的時候，有去過三峽，好像是在幼稚園階段。對於那段旅程的印象，已經有點模糊了。我印象最深刻的是牛角麵包，並不只是因為好吃而已，而是還有一段我跟爸爸的珍貴記憶。

　　那時爸爸還沒有車，但是依然會想盡辦法帶我出去玩，到處走走看看，交通工具就是最基本的火車或是公車。那次的三峽旅途，因為我亂跑的關係，我跟爸爸走散了；很神奇的是，我雖然很害怕，但是我沒有哭鬧，我就站在牛角麵包店前面，呆呆的等著，原因是出發前爸爸有說，我們要去吃牛角麵包。我也不知道站了多久，後來真的被爸爸找到了，我很怕被罵，可是爸爸並沒有罵我，他只是買了牛角麵包給我。然後我吃著牛角麵包，一邊聽著他在說他多擔心，說小孩要跟好大人，別亂跑。這個旅途最後結果是有驚無險，也因為這件事真的太讓我印象深刻了，所以就算長大了，還是牢牢記得。

　　假如讓我寫一個地方，我想寫猴硐貓村，我曾經去過那裡，可是並沒有停留很久。那裡除了很多貓之外，我也想去了解礦坑的歷史故事。而那些貓咪，聽說也是有故事的，我想去了解在地的故事，並且想像著那些貓咪，跟這個地方有什麼連結。

〈流動在三角湧溪的流變歲月〉
閱讀心得

李玟諭
真理大學台灣文學系學生

　　看完這篇文章後，我在思考一條溪在老一輩眼裡，代表著什麼意義呢？是一生相伴的好友？是永遠的鄰居？我不知道在其他人眼裡意義是什麼，但我在作者父親身上，看到了他對西螺溪和三峽溪至死不渝的愛，雖然為了養家餬口，從西螺搬遷到了三峽，依舊對西螺溪懷著崇敬的心。

　　一條溪，對人們來說是朋友亦是敵人。平靜時，能利用閒暇之餘到河堤散心，但一到颱風來臨，河水暴漲淹沒河堤，便可能造成居民的性命安危與財產損失。作者使用第一人稱寫了這篇文章，闡述了他所看到的、所經歷的，從家鄉西螺溪而至異鄉三角湧溪的心情。長年累月下，溪流漸漸改變了居民習性，居民也與溪流保持了相互合適的距離與默契。而颱風天過後，居民竟然冒著生命危險，站在湍急的河

岸上捕魚，是該說太相信溪流不會傷害他們，還是太小看一條溪流的威力呢？這就不是我的經驗範圍了。

　　文中讓我最印象深刻的是，河面上清淨一空的時段，是靜觀「河堤倒影」的最佳時刻。這攸關一介半個「三峽人」的生命情境，人屆中年，想觀看的應該不只是那片流光。我很好奇作者眼中，他想看到的那一道風景是如何？在這篇文章中，我看到我最想學習的地方，是作者把風景形容得很唯美，吸引到了我的眼光，使我在那裏停留很久，我也很喜歡一個地方，他把文章寫得很詳細，且沒有任何累言贅字。

　　我雖然沒有去過三峽，但月底有舉辦三峽之旅，所以我很期待。因為我很喜歡去沒去過的地區，欣賞他們獨有的風景、人文，最重要的當然是他們的美食，尤其是三峽的金牛角是真的五星級好吃。而在我的印象中，三峽是一個古色古香的地區，也有一條具有歷史價值的街屋和騎樓，所以真的很期待月底，就能前去揭開三峽神秘的面紗了。

第三輯
旅遊文學專題研討

以《鳶山誌：半透明哀愁的旅鎮》

第十七章〈奉行使徒〉為例

真理大學台灣文學系林榮三文學講座，

二〇二一年十月

由〈奉行使徒〉引發的思考

孫詩芸

真理大學台灣文學系學生

我以為的小說，是那種故事類型純虛構，抑或虛構中套入些微現實，讓身為讀者的我更容易進入狀況，而能隨著劇情起伏，跟著主角們的情緒動盪的。

我平常在看的小說類型，如第一份作業裡所說，偏好愛情小說、種田小說等，想必這應該是大部分女性族群喜愛的類別吧。我的原因是喜歡主角之間的糾葛，還有像是八點檔一樣的鬧劇，有的對於家庭的互動描寫深刻，都會讓我有一種很溫暖的感覺，好像真的活在小說寫成的那個當下，在裡面體驗一輪又回到現實的震撼感，所以我沉浸在書本裡頭無法自拔。

這次作業的題目，並不是我平常接觸的小說，對我來說，更像是散文的感覺。（我的不專業認知是很長、很平淡、到處走走，看心情寫的都算是散文的一種，但好像太偏頗了）。

　　這篇文章我看了三遍。第一次覺得：「啊，用詞有些地方覺得艱深，但對風景地點描寫得很好，只是彼此之間的人物關係好混亂喔！」第二次閱讀是在剛睡醒的時候，經過昨晚的第一次過濾，我心底有個大概，閱讀時也沒有太多不耐，反而能好好的看清前後，仔細釐清這些用詞是代表著什麼。終於，讓我把人物關係搞懂了！

　　或許真的是不太適合看這種文章吧，又或許是沒有從最開頭開始看的緣故，我不曉得。我只能說，還不錯。以下是我歸類幾點喜歡的地方：

　　一、風景描寫生動，腦袋很有畫面：

　　對於從小學開始看小說的我來說，我很喜歡小說的最大一個原因，就是它沒有個既定畫面，腦海中浮現什麼就是什麼，人物喜歡長什麼樣子，路邊小花什麼顏色，統統都是依自己喜好，由自己決定。在關於道館的描寫，我想到一個木造地板，就像是日劇或日本動畫裡出現的那樣，配上走路時會發出「嘰嘎嘰嘎」的聲響，讓單純的畫面變得活潑。

　　在準備劍術的交流時，短短幾句形容就將雙方選擇的物品、如何表演、結果如何，交代清楚。腦子浮現出連續的影像，一幕接著一幕，很是過癮。

　　二、互動描寫有趣，眾人間的談天，後面一段關於口琴表演的描述，更是精彩：

> 從一開始兩位大師的劍道表演，雖然我沒學習過，
> 卻透過文字的描寫感受到他們所演出的，是多麼高
> 難度的技巧，並且兩位都已是高齡的老人家，而完
> 美的展示出該段數的水準。

口琴也不在我熟悉的範圍內，最多就是國小時胡亂的
吹出一個音階罷了，我所熟的還是我房間靠窗的鋼琴和吉
他。又配合老醫生的演奏跟後頭的無名的詩詞，以及配合著
一切營造出的氣氛，讓一切都變得虛無起來；那一種說不上
來的情感，可能是一種感動，繞在心裡頭，久久無法釋懷。

三、中段裡，眾人在影片裡頭尋找熟悉的人們及人名，
那是一種懷念：

> 那是過往的英雄，也是他們早已逝去的夥伴、朋友、
> 長輩。我出生時，台灣已經是和平的年代，社會不再
> 動盪。可是儘管如此，過往那段日子，過去就過去
> 了，不致重演了。

而裡頭，有著關於身份認同的問題，若是問我，你認為
你是何人呢？國中的我，第一次聽見這個問題，我無法回
答。那個時期連自己本身都無法認識，更何況是更高層次
的，關於身份認知的問題。但現在來說，好像也無法很堅信
的說出自己是台灣人的這種話，儘管比例已達百分之九十，
我也不知道我的堅持是什麼？可能心底最深處，還是想著

當個日本人比較快樂吧？畢竟整個台灣，我們也都「曾經」是個「日本人」呢！

　　曾經聽國中某老師說過一個笑話：「我們曾經被荷蘭、被中國、被日本統治過，你以為我們想當什麼人，就可以當什麼人嗎？」或許他那時候很認真，但故意用開玩笑的口吻說著這句話，反正這句話留在我心底很久了。唉，一直到現在，我還是在尋找答案啦！

〈奉行使徒〉讀後感小記

石如玉
真理大學台灣文學系學生

雖然，我覺得只用一個章節要寫出心得，難免會顯得淺薄。但是單就本文便已經可以看出，透過主客分別代表台灣、日本，並透過雙方交流帶出文化與歷史的交疊，從中追憶而呈現的台灣歷史的滄桑感，以及族群的複雜性了。

本章並沒什麼情節的轉折，表面上是一群人聚在一起談劍道、談音樂，實際上呈現出來的卻是談歷史。透過人物之間的談話，呈現對於歷史人物、宗教的觀點；但整體太過正面，一個人提出觀點，其餘人皆認同、附和，笑中帶淚，實在難以想像這樣的場景。而且，後半段的部分，單單只是將音樂和歷史描寫出來，我怕是沒辦法感受到哀愁感的。

我有看過序的後面，大致上能夠理解作者為何要這樣寫，也明白角色的形塑為何單薄一點，因為真正想要呈現的是「歷史」。

　　我認為這是文字使用精湛的文章，我很喜歡故事開頭比劃劍術的情節和描寫，不會讓人感覺無聊。

閱讀詹明儒〈奉行使徒〉小説
與序言心得

劉康義
真理大學台灣文學系學生

　　〈奉行使徒〉，看到這個標題應該會讓人想到奇幻小說中，有些主角的名諱和取得此名的過程，實則不然。這篇小說，事實上讀起來比較像是散文的格式，主題是如此，但內容又是另一個如此。

　　在故事上主軸就是要拍電影，既然要拍電影，那就是有必要鋪墊著為何奉行著「拍電影」這個原則。在這原則下，開頭便是以兩組拍攝人員作為對比，一者為一飽口福去用餐，另一者為了追求三峽之美，進入「私房秘境」參觀「劍道道場」。但是正所謂「凡是跟武術有關之地，大多都不是講地景，而是人」，更因此，這才帶出了日本劍道九段大師的老劍士。

　　為什麼要帶出九段大師呢？我猜大概是這位「活古寶」的角色，有著對於心靈上的蛻變和心性上的成長吧？而在

劍道對決上，也運用上了大量的關於劍術，以及戰場上的描述，這讓文中那部分內容，瞬間變成了古龍武俠小說一樣，不注重於雙方的技擊，反而注重於當下利用燭芯和微弱的燭火，塑造出劍道境界之高妙，以及不可測度的肅殺之氣。我覺得在主人和主要來賓都有日本生活背景，並且都經歷過第二次世界大戰的情形下，在這裡放進日本劍客對打的描述，一點也不會感到意外。

武術耍完，就是會客及醫術的問題。首先從醫術講起，有人曾說過「食療正是最好的醫療」、「一天一蘋果，醫生遠離我」等等見解。天然的食物、規律的作息正是那年代的人所追求的養生之道，生即是道、道亦是生。這邊也是，在會客輕鬆的氣氛中，閒聊著台灣學生死在考試的繁重，工人死在機械的輾轉，農夫死在農地的荒廢，作家死在筆尖的刺痛。各種命運都會遇到各種死亡，即使前世挨過戰場上那一刀，今生決定要忘記那道傷疤時，傷疤還是會裂開隱隱作痛。而就在這些人生況味裡，這篇小說終於帶出了台灣、日本相關歷史的酸甜苦辣，烘托出作者想要表達的歷史悲哀。

最後，在面對歷史的殘酷，生命的無奈之餘，作者則不忘在神會總結審判、總結寬恕的氣氛裡，寫下一個慈祥而悲憫的結尾。而我總結這篇小說，看到了很多書寫要素，有戰鬥、有歷史、有愛情、有友情，有相當程度的專業知識等等，這些都是創造出好看的小說，不可缺少的重要元素。

　　但是，這是一篇小說嗎？也就是說，小說可以這樣書寫嗎？

　　這個我有點懷疑，但不敢確定，因為這絕對不只一個章節。但是這篇看下來，其實更像是個散文，內容卻比一般散文，增加許多生活化的故事性色彩。就像在生活化這塊大畫布上，既塗抹了懷古的膠彩，也塗染了劍道的水墨（潑墨的長刀，配上淡淡隱微的火光），又「浮水印」了耶穌或瑪麗亞聖像的油畫。

　　總之，太多的藝術呈現，琳琅滿目，恍若一座袖珍型的美術館或博物館。

〈奉行使徒〉與小說寫作

柯宛彤
真理大學台灣文學系學生

對我來說，小說是一個未知的領域，因為我平常大多接觸詩集，小說對我確實有一定的陌生度。但看完詹老師的小說，我覺得好像更有興趣，並且吸收到很多不同的知識，所以對於小說，我以後會花點時間閱讀，以及致力於創作自己的小說。

其實，老師上課也有講到許多關於小說的知識與創作方式。小說除了敘事以外，多加了許多細節和故事的前因後果，讓人有一種用文字看電影的感覺；加上詹老師的創作，其實會讓人感受到故事的模樣。像是敘事時，藉由文字就能看到畫面一樣的「即視感」，很特別，而這也是小說的吸引人之處。小說的內容或許錯綜複雜，但透過詹老師具有層次感的演繹，卻能夠從不一樣的角度，看見不一樣的敘事方式，很吸引人。

上面提到，小說對我來說是個未知領域，是因為我很討厭篇幅很長的文章，但這也是我需要去突破的極限，也是

我在這堂課必須學會的。小說文字雖多，但能將幾個人的故事整合在一本情節中，這個很厲害，也很值得讀者好好閱讀裡面的內容。有些作者的敘事能力，加上描繪故事的能力很強，敘事明瞭，過程緊湊，詹老師這篇作品就是這樣的小說。

此外，小說相對於其他創作來說，真的需要耗費更多的時間，去構思故事的大綱、前因後過、時間軸，就像拍一部電影一樣，需要花上很多時間在架構上。因為如果沒處理好架構，電影、小說的內容就會顯得雜亂，讀者就會在故事中迷路，這對讀者來說不是好的；對讀者來說，乾淨、清楚的敘事線，才能深刻了解故事的內容，才能進而有所感動。而詹老師的就是這麼的厲害，能讓人清楚理解以外，更能感受到故事的溫度，以及故事的畫面，我覺得很了不起。

在詹老師的創作中，對於主題之外的副題，其實也能讓人隱約看出他想傳達的小說意涵。雖然使用其他方式去隱喻，但讀者自己也能隱微感受到，他到底想表達什麼意象，以及什麼故事。我想這是一個創作者厲害的地方，這也是我們在寫小說必須學會的一個部分，也就是我們要表達想法或理念，是要用故事角色來演繹？還是用一件事情去隱喻？我覺得這個問題，很值得我們去學習，想成為一個好作家，我們就要好好的去思考這個問題。換句話說，也就是怎麼將想法呈現在文字上，並且有條理的將故事時間軸，用

文字來描寫、用人物來演繹、用情節來鋪陳，這種能力真的值得我們去思考。

　　我也想過要怎麼創作小說，目前技術不太純熟，所以想多利用這堂課的機會多練習，或許會找到一套屬於自己的書寫公式，最後寫出屬於我的東西。就像詹老師寫出屬於自己特色的小說這樣，我會努力嘗試，寫出屬於我自己特色的作品。

　　詹老師的小說，值得一讀再讀。我會努力看完他的其他作品，參考他的寫作方法，創作出超越我自己的文學。

〈奉行使徒〉：創作與熱情

林育暄
真理大學台灣文學系學生

　　第一次拜讀詹老師的作品，坦白而言，有些不適應，我覺得非常深奧，可能是我還不習慣看文史這類的小說吧！又或者是年紀的關係，看著書中角色老生常談，我想，這對我而言很遙遠，不是不能理會箇中道理，而是缺乏那麼一點共鳴。

　　雖然跟詹老師的創作經歷比起，我簡直小巫見大巫，但同樣都是經過各種練習寫作的磨練與摧殘，所以我覺得詹老師的自序就跟我比較接近了。其中詹老師就有提到自己蒐集到龐雜的資料，要花時間統整，還說：「我沒被篇幅困住餘生，也會被情節衝撞到靈肉俱裂，變成一介三峽瘋子⋯⋯」藉著詹老師此番描述，乍看之下，真的會覺得「創作」這件事，真的是一件既瘋狂又痛苦的挑戰，而寫作的快樂通常只存在完成作品的那刻之後，至少我是這樣的。

　　在走遍三峽的名勝古蹟，了解了它們的背景之後，詹老師說他發誓非寫下這些故事不可，所以遂將這些古蹟，通

通化做寫作的題材；我很佩服他這種熱愛土地、熱愛小說的精神，以及他踏入歷史小說的那個勇氣。寫過短篇文史小說的我，非常能夠理解寫「歷史」的麻煩之處，因為每個細節都是需要多方考證的，不能只靠單方面的資訊，所以最好的方法是實地踏查，更能馬上了解當地的文化與故事；而除了上述以外，最大的問題莫過於揭露「傷痕」，尤其是在命運多舛的台灣，詹老師提及，寫情節時，依史寫人、依人寫事、依事述情、依情演義，並不難。但提筆寫作時，卻很沉重，很心痛！

因此，我雖然也愛我生長的這片土地，但至今似乎沒對它做過什麼大事；而詹老師甚至還為此買了新電腦，否則一台舊電腦，鐵定無法承載一系列三峽文史的。

不過，在讀他的自序時，我覺得很有趣的一點是，詹老師的「以鳥喻人」，鮮少看到這樣的例子。雖然還沒看到小說中的這部分，但我多少能夠猜到詹老師這樣的作法與用意為何？透過隱喻的方式，演繹人們對自己台灣的土地認同，我想像著，那種情節應該是一針見血，十分生動的。

而從這篇〈奉行使徒〉中，我看到了由淡水馬偕與三峽信徒，兩個城鎮的基督教文史，以及日本劍道文化，所交織而成的故事。我覺得很特別，大概是因為在淡水唸書已經有兩年多的歲月，所以在別的地方看到馬偕精神的體現，所產生的親切感吧？

　　這也不禁讓我回想起去年，跟著系上同學參加三峽之旅的經歷，就是詹老師擔任在地響導的那次。當時，我們跟著詹老師爬上鳶山，山路十分顛簸，老師在途中跟我們講解了很多外地遊客不知道的秘密。像是鳶山上，竟然藏有很久很久以前，當地平埔族隔著大漢溪，由河床底下互相來往的山洞密道。親眼看見時，我覺得非常不可思議，山洞那麼小一個，竟然可以讓人自由穿梭其中，實在有點「天方夜譚」。

　　這也讓我明白，詹明儒老師真的懂得很多，甚至多到像個「天馬行空」的瘋子。並且讓我思考著，文學創作是不是可以適當加入，某些「魔幻寫實」的思維呢？

由小說見歷史

吳翰昇
真理大學台灣文學系學生

讀完這篇小說，有一種穿越古今的感覺。從小說情節中，彷彿台灣各個朝代都連繫在一起，各個族群都連結在一起了，不管是仇恨，還是交好。

值得一提的是，詹老師在日本劍術「橫一字」一刀斬的居合道斬法中，描寫得極為細膩，每個神情和動作，都描繪的很有畫面，好像我也在現場一樣。字裡行間，讀者觀賞著兩位大師的比武，和著現場觀眾一起屏氣凝神，一刀劃下去的剎那，空間被劃開了，時間也被暫停了。當讀者和觀眾回過神來，當作斬體的蠟燭，早已被切成兩半，同時比試者也已將被切成兩半的蠟燭，瞬間完好如初的接合了。

兩位大師都還寶刀未老，而詹老師在主人與賓客的互動上，幫他們描摹的極為細膩。可見，詹老師應該研究過許多日本劍道的方法和精神的，像是殘心，還有心境的訓練等等，這些日本劍道的精華。此外，小說後面則有賓客和主人，以說故事的方式，來呈現當時歷史的景象。那些故事，一個

一個串連起來，便重現出台灣人和日本人不同的種族之間，以前所發生的事情；一則讓書中人，用來訴說他們所遇到的問題，還有解決的方法，再則讓讀者，用來緬懷先人做過的種種事蹟。

詹老師的文本立意，除了深具歷史意義以外，他在序文裡，也寫得相當有趣。就連老師自己都說了，好似天馬行空一般，主角竟然是一個精神病患，從醫院跑出來，然後跟著拍攝連續劇的劇組，一起扮演了一齣劇，見證了一些歷史。這種類型的小說，我還是第一次讀到，作者還把自己融合在作品裏，我覺得相當的有創意。

從老師的序言中，可以看到他活到老學到老的精神，就像是他本來一竅不通的電腦一樣，他還搞懂了電腦，還用電腦的「三核心」，推想了我們世人，也要有「三向量」和「三思維」，像電腦那樣不斷的更新，自己腦內的想法；就像我們想寫好文章，也要多聽，多看，多寫一樣。這是我看了他的自序以後，自行推論出的一套看法，也算是一件寶貴的收穫吧？

另外，他在序言裡，這樣寫著：

> 時空恆在。歷史卻是對立而斷裂的，只好以書寫進
> 行焊接。

世代綿延。記憶卻是分立而零亂的，只好以小說進行梳理。

我很喜歡這兩段話，而且非常認同。時間一直往前推進，而在過去所發生的歷史事件中，很多都是對立且斷裂的，就好像台灣在以前眾多的統治者中，每個統治者所帶給我們的影響和傷害都不同；所以我們的歷史，才會對立且斷裂的，需要依靠有志一同的台灣作家，重新進行修補。而在台灣的每個世代中，記憶卻是分立的，理念卻是紛亂的；所以我們的核心價值，才需要以小說的方式進行整理。

我想，這也是文字書寫的工作者，很重要的貢獻吧。我所擔憂的是，台灣作家可以像劍道大師那樣，把被統治者切成好幾段的台灣歷史，像蠟燭那樣完美無缺的接合嗎？

閱讀詹明儒〈奉行使徒〉小說
與序言心得

溫思彤
真理大學台灣文學系學生

　　這是我第三次閱讀詹明儒老師的小說，之前已經閱讀過第十章〈重新歸零〉，以及第十九章〈空谷流光〉，而這次閱讀的是第十七章〈奉行使徒〉。

　　　　一步一腳印，凡走過必留下足跡。只要記憶不被抹除，一切歷史，便將歷久彌新——

　　　　請毋庸置疑，凡所為皆存檔天際。除非諸神都已寬恕，所有功過，必當重受審判——

　　當我看到〈奉行使徒〉的最後這段時，不禁想到之前讀過的文章。雖然三篇皆是以歷史故事貫穿書寫的，但是，想表達的涵義卻截然不同。

　　〈重新歸零〉那篇，感覺好像在說，不管歷史多麼痛苦，多麼想讓人遺忘，但都無法像是遊戲般隨時暫停、重來，

因為都已經深深刻印在每個人的記憶裡。〈空谷流光〉那篇，卻讓我覺得歷史不再是歷史，而是一段「經歷」，不論多麼的難熬都已經過去了，但當經過相同的場景，聽到一樣的話，都還是會想起它；就像媽媽對待孩子一般，不論經過幾個世紀，都是一樣的，都是無法輕易忘記的。

而這篇〈奉行使徒〉，讓我又有不同的感受。之前的兩篇提及過，歷史是讓人無法遺忘的，雖然有些歷史令人哀傷，甚至不願去回憶；但這些歷史，其實都已經被天神「存檔」了，即便這些歷史曾經讓你怕、讓你哭，但該面對的終究要去面對。並且，世人的對與錯、功與過，從來不是歷史或我們後人說了算，而是要讓天神重新審判，重新定位的。

> 時空恆在。歷史卻是對立而斷裂的，只好以書寫進行焊接。

> 世代綿延。記憶卻是分立而凌亂的，只好以小說進行梳理。

讀到詹明儒老師的自序，更讓我覺得小說不再只是小說，而歷史從來也不只是歷史，他們有著密不可分的關係。詹明儒老師利用書寫連接歷史的時空，利用小說紀錄混亂的記憶，讓一切綿延下去，立意昭然若揭。

詹明儒老師的文字並不艱深，而且還是白話文，分開來看，我其實是看得懂的，但拼湊在一起，我卻像是在讀外

星文一樣，需要反覆一讀再讀。直到現在，我還是不能百分之百明白文章的意思，但我卻能藉著老師的文字，進入他的時空之中。

之前有參加過三峽之旅，很喜歡聽詹明儒老師說故事。還記得，上次我聽得意猶未盡，尤其是爬到鳶嘴岩的時候，從高空俯瞰下去的美景，到現在都還深深印在我腦中。這也不禁讓我想到柳宗元〈始得溪山宴遊記〉中

> 攀援而登，箕踞而遨，則凡數州之土壤，皆在衽席之下。其高下之勢，岈然窪然，若垤若穴，尺寸千里，攢蹙累積，莫得遯隱。縈青繚白，外與天際，四望如一。

的勝境。那時候，居高臨下，終於能真正體會到柳宗元的感受了，當下的我與古人有相同的想法，這也才真正明白，詹明儒老師想要表達的意思了。

歷史，其實不用特別去解釋，因為一切都刻在我們的腦海裡，不管好與壞，都是我們記憶中的一部份；而詹明儒老師利用小說，帶領我們進入他的世界，也藉由文字，讓我們更了解台灣歷史。讀他的小說，真的收穫滿滿，下次有機會，我也很想再參加一次三峽之旅。

讀小説〈奉行使徒〉後心得

于湄璇
真理大學台灣文學系學生

先從小説的心得說起，詹老師的小説充斥著聖經的相關內容，而且還有很多現實的描述，但不得不說我真的無法理解他想表達的意思，這可能就像主任無法理解我的書一樣。或許是，我已經失去了長篇文章的閱讀理解能力，已經徹頭徹尾，轉換成影像思考的處理模式；而這也是我放棄當個小説家的原因，我覺得我的思維越來越簡單化，那種深奧的事情逐漸變得無法暸解其真諦，也許是我的道行還不夠深吧。

現在的我比較擅長影像和圖像思維，看到文字真的無法繼續思考了，也許我不該自怨自艾，但當人失去某一項能力時其實是會惶恐的，如同失智的可怕一樣。也因此，我決定做個繪本作家，把我腦海裡的奇異想法畫出來，這樣對我來說是最好的，或許我晚年時，也能自我回味一番吧。

然而，當我看到詹老師的自序時，我才暸解到其實他想表達的意旨，但先入為主的思緒已然無法阻撓，我依舊認

為詹老師寫的很難理解，即便他這樣解釋了我還是無法轉彎。而在理解這點之後，我想起了和主任的對話，但現在的我也依然這麼想，那即是請主任不要再鑽研我的小說了；那些真的是我最失敗的作品，我真的很希望把那些全數銷毀，甚至可以說，那些是我人生中的汙點。同時，我也不希望您再提及那些了，不僅是因為它們的存在就是對我的一種傷害，而且還因為，它們顯然讓您對我懷有深刻的誤解；我一直都覺得那些東西，造成了我們之間很深的誤會，在您上課時談及的話語，我也依舊感受到對我強烈的誤解與誤會。我真的不希望再讓它們，分裂我們之間的師生情誼，所以請放下那些吧，這是我的小小心願了！

我當然知道，文字可以鑽研出一個人的想法，但那些是我東湊西湊的雜亂散文集，我真的很不想傷害您。但我不得不說，您這樣屢屢提及我，對我來說是二次傷害，請您試想如果您有想割捨之事，但他人卻不斷提及，這樣是否會成為您心中的疙瘩呢？同理，我也是這樣感覺的，我想捨棄那些東西，真的不想再回首我的過去了。假如我這樣拜託您，您真的會採納我的意見嗎？

相信您是位正人君子，不會做出在他人傷口上灑鹽的行為，但我並不是要責備您什麼的，只是想告知我的感受而已。您當然可以不接受我的想法，甚至生氣都可以，只希望您能捨棄對我先入為主的想法，捨棄以前擁有的偏見；然

後，重新審視我這個人，但願您真能做到吧，不過如果無法做到，我也不會怪您的。

　　來說說我為何會打這些吧。因為我真的湊不到一千字，才想說把我心中的芥蒂告訴主任，謝謝您看完這冗長的一篇文章。雖然這跟詹老師的小說和自序的心得，根本沒關係，但我還是這樣打下了自己的心願，希望能被諒解。謝謝！

記錄一次〈奉行使徒〉小說讀後感

王翔立
真理大學台灣文學系學生

這篇小說，我讀完只有一個感覺，就是亂。我是一個很喜歡看小說的人，基本上每個小說，都會有它自己的重點，劇情也會圍繞著這個重點有著連貫性，能讓讀者明確知道他想表達甚麼，但是這篇小說打破了我的觀點，讓我看得一頭霧水。

剛開始看的時候，我還以為他們是一個劇組，然後他們接到了一個劇本要在三峽拍攝，結果莫名其妙，開始進入解說路線。正當我準備好開始理解，為什麼不能拍，還有裡面的一些眉眉角角的時候，劇情一個急轉直下，開始進入回憶路線……。

後來開始講起劍道，我心想前面有講到道館，可能會稍微介紹一下，然後回歸主題。卻沒想到，一個劍道的部分硬是講了大約三分之一的劇情，讓我以為劍道才是本篇小

說的重點。之後又扯到醫學，開始回憶當初二二八時，他如何醫治病人，並回憶當初台灣的慘況，這邊我有抓到一個覺得比較重要的地方，他說：

> 醫者，醫病醫心。他治好了霍亂，卻沒辦法治好，戰場上遺留下來的恐慌症。

接著後面開始閒話家常，講到當時李登輝跟這個老醫師的點點滴滴。跟前面一樣，聊著聊著，覺得好像快抓到重點、快了解什麼的時候，話題又跑偏了。這次他們聊到了宗教，在這個段落，他們說宗教建設學校、建設教堂。透過他們的話映照出當時台灣被殖民時的生活風氣。後面也講到台灣光復後的民謠。到了這邊，我算是大概看懂這篇小說到底在寫什麼了，他的主題就是沒有主題，重點就是沒有重點。

雖然說這篇小說看起來雜亂無比，但是他至始至終都圍繞著陳姓家族與三峽。透過閱讀，我們可以發現，這個陳姓人家，就是馬偕的後代，或者是跟馬偕有著很大的關係；因為他的地位在當時，我們得知十分顯赫，又講到醫學與宗教，我們可以藉此得知。

我覺得這篇文章不太能算是小說，他對我來說，比較像是散文、傳記之類的。因為他寫的模式都是圍繞著陳姓人

家寫，給人的感覺就是「陳姓人家傳」，跟一開始我以為的三峽拍攝的背景完全偏離軌道，再加上：

> 這史道，成王敗寇，您怕了嗎？
> 這世途，弱肉強食，您哭了嗎？
> 這仗本該不打的，但還是打了。
> 這戲本該不拍的，但還是拍了。

這個開頭，以及小說篇名〈奉行使徒〉都讓我先入為主，以為這是一篇武俠小說，結果看的是各種回憶錄，重點是還看不太懂。這就是我的讀後感言，幾乎完全看不懂。

閱讀詹明儒〈奉行使徒〉與序言心得

王絲嬋
真理大學台灣文學系學生

　　我先閱讀了詹明儒的自序〈小說的變體與連作〉，再看其小說文本內容。

> 　　時空恆在。歷史卻是對立而斷裂的，只好以書寫進行焊接／世代綿延。記憶卻是分立而凌亂的，只好以小說進行梳理。

這兩句話，讓我不由自主地想到許多。

　　時空永遠存在，兩個人在相同的時間、空間，歷史卻可能有無限多種說法，綜觀歷史，通常各國史記都是由統治方所撰寫，當然會從對自身有利的角度著筆。我有一首新詩即以「就有謬誤，也說不定會發生斷裂的現象，只好藉由當代人的書寫，將過去連貫，或許是作家，抑或是史官；一代接

一代，綿延不斷，記憶卻是相異、分立、紛亂的」，因而只好從小說下手書寫，整頓事件、梳理記憶。

第一點，這部小說的情節概意的倒數第二行，出現了「火金姑」這個詞，我覺得會讓不熟悉台語的人，看不懂這篇序，竊以為或許加上（）解釋，會好一點。

第二點，這部小說的書寫緣起中提及「作者碰到了一個不是難題的難題」，這句話乍看之下，可能會覺得茫然、矛盾，到底是難題或不是？但詹明儒在下一段便為此言解釋，不讓讀者有困惑，我覺得還不錯！

詹明儒說到，如此兩部作品（《半透明哀愁的旅鎮》、《藍色三角湧》），大家或許會說，這是長篇小說常有的「二部曲」。但他自認為這是長篇小說「雙連作」的新實驗，比較來得妥當。作者謙虛了。

第三點，這部小說的創作構想中，提及了三峽地區「平埔文化人」的平埔族裔在日治時期，甚至是遠古時代的處境與遭遇，讓我對三峽有更多的了解，也使我想進一步到三峽走走。順便提一提，我也期待著，下星期的三峽走訪行程。

我也學到寫歷史故事時，情節要依史寫人、依人寫事，依事述情、依情演義，脈絡清楚，恩怨分明。

　　看了自序後，開始讀《鳶山誌：半透明哀愁的旅鎮》第十七章〈奉行使徒〉。不得不佩服詹明儒老師的文筆，雖然詹老師年紀稍長，但用起字詞來，新潮筆法、前衛風格，一點也不輸於年輕人；不只讓讀者有驚豔感，也能使我們省思自身（不知道其他同學怎麼想，至少我開始思考與檢討了）。

　　蘇宇暉老師的創意寫作課程，要我們看小說，從文本裡抄下自己沒看過的、沒用過的譬喻或形容詞，無論正面、負面的。因為老師說，一篇文章中，不可能只存在美好的一面，肯定有不好的、邪惡的一方，所以不能僅知道好的字詞。

　　大一、大二的演講與三峽之旅，我都因為有事，沒有參與到。下星期日，終於有機會聽詹明儒老師說故事了！期待見到詹老師本人！

〈奉行使徒〉學習與理解

葉亞音
真理大學台灣文學系學生

　　作者詹明儒在決定寫三峽文史時，遇上了諸多的問題，像是電腦老舊、文史資料量過於龐大、思想（文筆）老舊等。老舊的電腦容易出現當機的狀況，所以後來請懂電腦的朋友來幫他處理一系列問題。從這點看起來作者應該是個不太懂電腦的人，這裡感覺也呼應了前面說作者的思想及文筆老舊，難以接收新的資訊。但是他也沒被這些問題困擾太久，想盡各種方法解決，就是為了寫出自己滿意的三峽文史作品，是一位很有毅力的作者。

　　作者說他喜歡用鳥來比喻人，用各種我們所熟知或者不認識的候鳥，來比喻不同時期來到台灣的人。我覺得這是一種很特別的比喻法，至少我是從來沒看過的，不過很特別的是，雖然是第一次有人使用這種比喻，但是卻也很好的把所有來台灣的人所用的方式都呈現了，怎麼這麼貼切、這麼有趣的形容方式，現在才有人發現呢？在寫這些作品時，作者付出了很多精力、想像力、記憶力、意志力……等，這些

事是很多人都辦不到的，有些人認為太花時間、寫到最後會很混亂，但是對作者來說這是一種甜蜜的負荷、一種享受。雖然在創作的過程中把自己弄到瘋了，但是等寫完、出版，看到結果時，還是不免慶幸自己沒有在中途放棄。

或許是我對歷史不感冒，也或許是我學藝不精，我認為作者詹明儒的作品很深奧，有些地方要重複多看好幾次才能真正理解。一般人對於馬偕的印象就是在淡水，但是作者很好的在跟三峽文史相關的作品裡提到馬偕，將馬偕與三峽無縫接軌，讓人在理解三峽的同時，也能更深入的了解馬偕與三峽的關係。

以前我舅舅曾經在三峽買過房子，所以我那時很常往三峽跑，不知道是不是那邊是學區，又是新建的大樓比較多的原因，我一直覺得三峽很少有跟歷史相關的東西，除了三峽老街，我其實不太知道三峽還有些甚麼歷史故事、發生過甚麼事歷史事件。一個人到底要對那個地方多有感情、多有興趣，才有辦法花費那麼大量的時間及精力去深入的了解，那個地方從古至今的歷史發展呢？

小說的歷史與思考

黃怡嘉
真理大學台灣文學系學生

　　詹明儒老師的小說，就如他序中所說的一樣，結合寫實、奇幻、魔幻的筆法，散文、遊記、史詩的筆調。短短一篇一萬多字的〈奉行使徒〉，卻遊歷過了台灣清末、日治、民國和現在。

　　小說裡，使用櫻井夫婦的視角展開故事的路線，讓讀者跟著他們一起旅行，一起體驗，一起經歷那些奇聞軼事，這何嘗不是作者自己設身處地，如歷其境的歷史再現呢？本篇的對聯、道場、老照片和傳教士，以及在旅行中遇見的各式各樣的人事物，有如三峽方史的「走馬燈」，在在無不使人產生不同的邂逅、驚喜、感動和反思。

　　可以想像，從這個單篇擴大到整部《鳶山誌：半透明哀愁的旅鎮》，它應該是我從未讀過的，一連串獨一無二的歷史、回憶、故事。這本小說，它就像一部時光機，穿梭在不同的時代更替裡，和其他人交換或見證了珍貴的生命事件，最後回到了現在，再展開一段新的歷史、回憶，以及故事。

〈奉行使徒〉創作與創新

張竣皓
真理大學台灣文學系學生

在看了這篇小說後，感覺到滿滿的日本風情，小說裡介紹了許多有關於日本的事物，例如：武士道、東瀛古韻、劍術、日本西醫等等。因為作者深刻且細膩的描寫，讓我在閱讀的時候，有一種穿越時空，好像置身於現場的臨場感。

尤其是對橫一字的居合道斬法的描寫，更是讓我對這一段印象深刻，大師兩人的神情與動作，都描寫得很生動，自然而然畫面就帶入到我的腦海裡。當櫻井先生選擇了「初芯燭焰」，並用橫一字的斬訣，犀利快切，焰下半吋燭身時，那銳利且迅速的刀法，彷彿在我的腦海裡做了刻劃。

光是閱讀就能感受到那高超無比的技巧，而製造這種臨場感，並不是每位作者都能達到的境界。如果沒有一定的功夫和研究，對細節的描寫就不會生動且深刻，兩位大師皆展現出截然不同的技巧，一位迅如閃電，另一位則沉如泰山，如此絕妙的盛會，實在是不容易看見。

在作者筆下，仿佛不同的時空背景與族群都串連了起來，大家的相處十分自然且和善，以武會友、以文會友，皆能在文中看見。雖然一開始看的時候，會覺得有些雜亂，理不清頭緒，歷史故事和以前所發生的事情，甚至是人物都混在一起。但也因為這是個天馬行空的故事，在閱讀的時候，也增加了不少自行統整的樂趣。

就像拼圖一樣，剛開始全部散成一片，只能慢慢去拼湊，到了快完成時，才發現原來這些看似微小無用的碎片，竟成為了如此美麗的圖畫。對我而言，這篇小說，我覺得是不錯的作品，令我學到了不少關於日本的文化和知識。

而我在看了老師所寫的序言後，也多少感覺得出來，老師是一位活到老學到老，而且力求創新的人。剛開始的他連電腦都搞不太懂，在學習之後，也上手了許多，且對自己所寫的作品十分嚴格，一方面文壇界的前輩人才濟濟，另一方面後輩又有後起之秀，如果他再不做出改變，那麼一定會在這種競爭激烈的文壇中落敗，所以創新是他唯一能做的進路。我覺得創新這件事情，說來容易，做起來卻有難度，風格太新穎，沒人看得懂，風格太中規中矩，那又沒有創新的元素。總而言之，凡事還是要多方面去涉獵，多聽、多看、多想，才能往創新更接近一步，就像寫作一樣，沒有別人的作品做參考，就無法和自己的想法激盪出火花。

　　另外，我覺得詹老師的精神，是值得我們去學習的。創作之路，就是要走的自在且自信，如果什麼都不敢去嘗試，那一定不會有所進步；所以詹老師才會用自身做實驗，寫出這部作品來拋磚引玉，並且希望後起之秀能寫出自己的自信之作，讓台灣文壇可以更美好。不論未來的我，是否決定要走創作這條路，我都不會忘記這個信念，「自信與創新」是成就自己，最佳的利器！

附錄

詹明儒小說心得：
《番仔挖的故事》

彭子晏
真理大學台灣文學系學生

　　關於詹明儒先生的小說，我這次閱讀的是《番仔挖的故事》，這是一個敘述台灣從明鄭到清初時期，原住民、漢人、荷蘭人在這塊土地上來往的故事。我也是第一次閱讀這類型的文學作品，原本以為會枯燥乏味，想不到看了以後，卻是讓我津津有味！

　　在閱讀這本書之前，光是看到標題我馬上就產生了疑問，「番仔挖」是什麼呢？一開始我憑著字面上去做猜測，因為「番仔」這兩個字，我以為「番仔挖」，可能就是某一個原住民族群在當下的名稱吧？後來才發現大錯特錯了，所謂的「番仔挖」，其實是現今彰化芳苑鄉的古名。因為這一帶過去是平埔族的居住地，所以冠上「番仔」，這個名詞；且有一條溪轉折入海於此，台語稱「彎折」為「挖仔」，因

此有了這個地名。當名字搞清楚之後，接下來就是準備閱讀裡面的內容啦！

關於明鄭到清初時期的台灣社會，在歷史課本上讀到的，往往都是一些貿易往來、港口、茶行等等的，商店門庭若市的繁榮景象，卻極少聽到當下人民的生活風貌，即使有，那也是一些大人物或是一些特別的事件，才會被拿出來寫在歷史課本上。但這本書溫馨的地方，就是在於他寫下了，那些小人物的大故事，在閱讀的時候，讓人彷彿真的置身當下，好像親眼看到或是親自經歷了，那些既寫實又魔幻的，扣人心弦的老故事。

看完此書，它帶給我深深的感動，我覺得它不只是一本講述故事的作品，更是一部紀錄曾在這個島上駐足的各個族群生活內容的小說。作者細膩的書寫，甚至是情感的變化，思想的紋路，也可以從當中察覺出來。透過這部小說，我不禁更加愛上台灣了，台灣雖然土地不大，歷史也不像中國那般久遠，但裡面蘊藏的故事，並不會比其他國家少；此外，也因為有《番仔挖的故事》，彰化芳苑鄉這個地方，也別有一番意趣呢！

從詹明儒先生的文字當中，我感受到他對於台灣的了解與熱愛台灣的心，這種情感對我來說是很奇妙的。雖然我也是從小在台灣長大的孩子，但對於台灣卻不是那麼熟悉，

跟詹先生比起來，我比較像是來過台灣旅遊很多次的外國人吧？這麼一想，我真的是有點愧對這塊土地了。

此次閱讀的體驗非常好，總覺得又更了解台灣了。之後，我也想多看看類似的作品，可能會先從一樣是詹先生的作品《進香》開始；此書剛好是我很喜歡的短篇小說集的模式，想必讀起來，一定很愉快。最後也非常期待，還能再聽見甚麼精彩的地方故事，也好希望能成為一個懂台灣的台灣人！

讀《番仔挖的故事》

陳筱君
真理大學台灣文學系學生

　　我發現詹明儒老師的小說，充滿農村風情，熱愛土地及尊重土地上的各種人物，以及他們內心深處的所感所想。我上網看了他的一部作品《番仔挖的故事》，這篇小說以魔幻寫實的手法去述說撰寫，裡頭有寫到彰化的巴布薩族人，與早期台灣各族群間的開拓史。

　　作者以豐富的想像力，突破歷史小說的侷限，以「番仔挖」這個充滿台灣歷史特質暗示的地方，展開台灣開拓史故事，利用寫實手法敘述明鄭到清初的這個時期，當時的原住民、漢人、荷蘭人之間，他們在這塊土地上的交往、貿易及征戰，甚至所產生的愛恨情仇。只是我認為有個小缺點，那就是這部小說的歷史概念，仍然以傳統老舊的漢人意識為中心；而優點是，它好在能夠以這個中心，逐漸擴大台灣歷史小說的多種族樣貌，更呈現多音交響的歷史事實。

　　這部作品所呈現的最重要意義，在於告訴人們，在台灣開拓的歷史過程裡，曾經在這個島上駐足的，不論他們停

留的腳步或長或久、或短或長，都曾經留下了足跡。盡可能不存偏見地，記錄各族群生活的內容、情感的變化，而讓台灣島上的開拓者對自己生存的時空，有更深刻的認知和感情。這一點，應該就是詹老師書寫《番仔挖的故事》的主要用意吧？

沒有神話的漢系台灣作家，靈魂深處可待挖掘的，大概只有祖先冒險渡海、披荊拓荒的經驗，但這卻已經是取之不盡，用之不竭的文學礦藏。它如果能結合原住民社會的「祖靈」元素，進一步納入整個台灣族群的生存競合與智慧，那麼此書一定更加完美吧？

國家圖書館出版品預行編目(CIP)資料

璞玉集:真理大學台灣文學系學生作品集 / 錢
鴻鈞主編. -- 初版. -- 臺北市 : 萬卷樓圖
書股份有限公司, 2022.07
　面 ; 　公分
ISBN 978-986-478-691-6(平裝)

　　863.3　　　　　　111007960

文化生活叢書・藝文采風　1306035

璞玉集：真理大學台灣文學系學生作品集

主　編	錢鴻鈞	發行人	林慶彰
編　輯	王品勻　曾　韻　蘇　籥	總經理	梁錦興
排　版	蘇　籥	總編輯	張晏瑞
		編輯所	萬卷樓圖書（股）公司
		發行所	萬卷樓圖書（股）公司
		電　話	(02)23216565
		傳　真	(02)23218698
		地　址	106 臺北市大安區羅斯福路二段 41 號 6 樓之 3
		電　郵	service@wanjuan.com.tw

ISBN 978-986-478-691-6（平裝）

2022 年 7 月初版

定價：新臺幣 280 元